L'ARTICLE DÉFINI

DANS LES

PRINCIPALES LANGUES EUROPÉENNES

PREMIÈRE PARTIE

L'ARTICLE "THE"

ET LES

CARACTÉRISTIQUES DIFFÉRENTIELLES DE SON EMPLOI

PAR

A. BIARD

DOCTEUR ÈS LETTRES DE L'UNIVERSITÉ DE PARIS
CHARGÉ DE CONFÉRENCES A LA FACULTÉ DES LETTRES DE BORDEAUX

BORDEAUX

IMPRIMERIE G. GOUNOUILHOU

9-11, rue Guiraude, 9-11

1908

L'ARTICLE "THE"

ET LES

CARACTÉRISTIQUES DIFFÉRENTIELLES DE SON EMPLOI

UNE ÉNIGME GRAMMATICALE

L'ARTICLE "THE"

ET LES

CARACTÉRISTIQUES DIFFÉRENTIELLES

DE SON EMPLOI

> He ground at grammar.
> While he could stammer...
>
> R. Browning.

BORDEAUX

IMPRIMERIE G. GOUNOUILHOU

9-11, rue Guiraude, 9-11

—

1908

INTRODUCTION

La question de l'emploi de l'article défini ne présente que des divergences de détail, d'une importance comparativement secondaire, lorsqu'il s'agit de passer d'une langue quelconque du continent européen à une autre langue continentale, de celles du moins qui ont un article défini [1].

Mais tout change de face quand il s'agit de passer d'une langue continentale quelconque à la langue anglaise, ou réciproquement [2]. C'est alors que la question de l'emploi de l'article devient réellement compliquée et embarrassante.

Et pourtant, malgré les difficultés sans nombre qui surgissent alors, les grammairiens n'ont trouvé d'autre formule, pour guider l'étranger, que celle-ci : « L'article s'emploie en anglais avec les substantifs pris dans un sens *réellement* déterminé. Il se supprime quand on parle en général. »

Or, dans toutes les langues, on dit que l'article s'emploie avec les substantifs pris dans un sens déterminé, et qu'il se supprime quand on parle en général.

C'est donc uniquement par l'insertion du mot *réellement*, que l'on croit avoir donné la caractéristique différentielle de l'usage anglais vis-à-vis de celui des autres langues.

Mais que faut-il entendre au juste par « sens *réellement* déterminé »? Comment distinguer le « sens *réellement* déterminé » de celui qui ne

[1] En y comprenant l'*Esperanto*, où chacun est libre de suivre l'usage de sa langue maternelle, et en y ajoutant l'hébreu et l'arabe, dont l'usage ne diffère pas sensiblement de celui des langues continentales européennes, au moins quant aux grandes lignes de la question de l'article

[2] La création de l'*Esperanto* laisse subsister tout entière la difficulté de l'emploi comparatif de l'article, au point de vue anglais, c'est-à-dire au point de vue du peuple le plus répandu sur le globe

l'est pas *réellement,* bien que considéré comme tel dans l'usage de toutes les langues, excepté une seule?

Si, par *détermination réelle,* en entend l'idée de *détermination proprement dite,* au sens étroit et courant de ce mot, c'est la moitié de la langue anglaise que l'on transforme en exceptions, car l'article anglais, comme celui des autres langues, est employé dans une infinité de circonstances où l'idée de *détermination proprement dite* n'existe pas.

Un exemple montrera à quels tours de force on est acculé quand on veut, bon gré, mal gré, expliquer partout en anglais la présence de l'article par l'idée de *détermination proprement dite.*

Il y a quelques années, un professeur belge allait de ville en ville, donnant des conférences sur la langue anglaise, notamment sur la question de l'article, dont il se faisait fort de justifier la présence, en toutes circonstances, par quelque chose de sous-entendu.

Dans un article publié par la *Revue des Langues vivantes,* il nous a fait connaître sa manière de procéder. La phrase qu'il avait choisie et composée exprès pour la circonstance, comme la plus probante à ses yeux, était celle-ci : **the lion is courageous.**

L'article, disait-il, n'appartient pas ici au mot **lion,** qui est manifestement pris dans un sens général, mais au mot **animal,** qui est sous-entendu, car cette phrase équivaut à celle-ci : **the animal called lion is courageous.**

Ainsi, non seulement notre conférencier belge ne reculait pas devant l'évidente absurdité de faire rapporter l'article à un mot inexistant dans la phrase, mais il ne voyait même pas que son raisonnement pouvait s'appliquer à la même phrase mise au pluriel, bien qu'alors l'article dût disparaître en anglais : **lions are courageous,** c'est-à-dire **the animals called lions are courageous.**

Cette objection est également valable contre tous les grammairiens qui expliquent ici la présence de l'article par l'*idée collective,* c'est-à-dire par l'idée d'espèce, de classe ou de catégorie.

Cette *idée collective,* en effet, existe aussi bien au pluriel qu'au singulier : **Lions are courageous, sheep are not. The lion is courageous, the sheep is not.**

L'article, cependant, disparaît au pluriel, malgré l'idée d'espèce, de classe ou de catégorie. Il faut donc que sa présence au singulier soit due à une autre conception d'esprit, entraînant dans la pensée anglaise cette idée de *détermination réelle* dont l'article the est l'expression naturelle et spontanée.

Désespérant sans doute de trouver une formule exacte pour différencier l'idée de *détermination réelle*, qui seule entraîne l'emploi de
l'article en anglais, de celle de *détermination irréelle,* qui ne l'entraîne
que dans les autres langues, certains grammairiens ont préféré
renoncer à faire intervenir ici une idée de détermination quelconque ;
ils se contentent de dire que « l'article sert à marquer le *sens démonstratif* ».

Cette reculade ne fait que déplacer la question sans la résoudre.
L'article n'étant dans toutes les langues qu'un démonstratif atténué, il
est évident qu'il ne peut jamais y exprimer autre chose qu'une idée de
désignation démonstrative plus ou moins atténuée.

Or, la question est précisément de savoir quand et à quelles conditions cette idée de *désignation démonstrative,* spontanément exprimée
par l'article, *existe* ou *n'existe pas* en anglais, alors qu'il en est autrement dans les autres langues.

En d'autres termes, il s'agit de savoir à quel degré d'atténuation
s'arrête le rôle de l'article anglais, alors que les articles des autres
langues ont continué à évoluer jusqu'aux limites extrêmes de cette
atténuation.

C'est en précisant très rigoureusement l'un et l'autre de ces deux
points d'arrivée, que l'on établira d'une manière exacte et sûre la caractéristique différentielle du rôle de l'article dans les deux systèmes en
présence.

De temps immémorial, les grammairiens ont cherché dans l'idée de
détermination la loi de l'emploi de l'article. C'est donc aussi dans l'idée
de *détermination* que nous chercherons la caractéristique différentielle
de l'usage moderne. Mais nous ne la trouverons qu'en ramenant cette
idée de *détermination* à sa signification *première et étymologique,* telle
qu'elle a dû surgir à l'origine dans l'esprit des hommes profonds et
avisés qui ont emprunté cette expression au domaine matériel pour
l'introduire dans le domaine intellectuel.

C'est cette interprétation de l'idée de *détermination*, ainsi ramenée à
l'idée primordiale de *bornes* ou de *limites* qu'elle implique *étymologiquement,* qui nous permettra de donner la formule exacte de l'idée de
détermination réelle, telle qu'elle se trouve spontanément exprimée par
l'article the.

Mais nous verrons que la langue anglaise est la seule qui soit
restée strictement fidèle à cette idée *première et étymologique* de la
détermination.

Toutes les autres langues l'ont idéalisée, transportée dans le domaine de l'irréel et de l'absolu, où la notion des choses atteint jusqu'aux *limites extrêmes et imaginaires* au delà desquelles rien n'existe plus.

Si, par exemple, on veut parler de *l'eau* considérée pleinement et complètement en elle-même et dans toute l'étendue de sa notion, c'est-à-dire si l'on veut parler de tout ce qui s'appelle *l'eau*, de tout ce qui existe, a existé, ou pourra jamais exister sous cette dénomination, c'est uniquement en anglais que cette idée de *pleine et entière généralité*, ou, en d'autres termes, *d'intégralité notionnelle*, restera indéterminée et sans article : **water**.

En français, en allemand, en italien, en espagnol et en grec moderne, elle sera déterminée et désignée à l'aide de l'article, comme englobant « l'universalité idéale » de la notion « si familière » qu'elle présente à l'esprit : **l'eau, das Wasser, l'acqua, el agua, to nero.**

C'est là le fait capital et décisif qui sépare la langue anglaise de toutes les autres langues modernes et que nous mettrons en lumière dans un premier chapitre.

Nous étudierons ensuite les diverses nuances, parfois si subtiles et si inattendues, que comporte l'idée de *détermination réelle,* telle qu'il faut l'entendre en anglais, c'est-à-dire ramenée à son interprétation *originelle* et *étymologique*.

Plusieurs de ces nuances pouvant coexister avec la généralité de la pensée, quiconque ne s'en sera pas rendu un compte exact et méthodique, est exposé à se méprendre à chaque instant sur le véritable rôle de l'article anglais.

Le professeur lui-même, faute d'une théorie d'ensemble, lui servant de fil conducteur dans le dédale des contradictions apparentes, se voit le plus souvent réduit à faire de la question de l'article une pure question d'usage, de routine, d'intuition et d'instinct ethnique.

Lorsque, au contraire, nous aurons ramené toutes ces nuances de l'idée de détermination à l'interprétation *étymologique* de ce mot, c'est-à-dire à l'idée de *bornes* ou de *limites,* plus ou moins saisissables ou assignables, dans la notion des choses, tout se régularisera, s'éclairera, s'harmonisera, dans la question de l'article anglais, et le professeur ne sera jamais embarrassé pour répondre aux objections ou aux demandes d'explications de ses élèves.

Dans un troisième chapitre, nous examinerons en quoi consiste réellement l'idée d'*indétermination* en anglais, c'est-à-dire quelle place lui ont laissée les empiètements successifs et multipliés de ces diverses nuances *étymologiques* de l'idée de détermination.

Ces trois chapitres formeront ainsi une construction grammaticale homogène et complète, où la question de l'article anglais apparaîtra comme dépendant tout entière de la présence ou de l'absence de l'idée de *bornes* ou de *limites,* à des points de vue divers, dans la notion des choses.

Quant aux divergences de l'usage anglais en ce qui concerne les *noms propres* et les particularités de la *syntaxe de construction,* elles feront l'objet d'appendices spéciaux, rejetés en dehors du corps principal de ce travail, comme ne se rattachant qu'indirectement aux principes caractéristiques de l'emploi de l'article en anglais.

L'ARTICLE "THE"

et les

CARACTÉRISTIQUES DIFFÉRENTIELLES DE SON EMPLOI

CHAPITRE PREMIER

L'idée d'intégralité notionnelle ou de pleine et entière généralité et son rôle dans la question de l'article.

§ I. **Détermination idéale dans toutes les langues autres que l'anglais du concept d'intégralité notionnelle, c'est-à-dire de la notion pleinement et complètement générale des choses.**

L'article défini, ou article proprement dit, ayant dans toutes les langues la même signification étymologique et le même rôle théorique, les divergences de l'usage, quand on passe d'une langue à une autre, proviennent uniquement d'une interprétation différente de ce rôle commun et primordial.

La question de l'emploi de l'article dans les diverses langues est donc, avant tout, une question de mentalité comparative, et c'est précisément ce qui en fait la difficulté.

L'article étant un démonstratif affaibli, signifiant étymologiquement « ce, cette, ces », et, antérieurement, « là » ou « çà », son rôle originel a dû consister à désigner des êtres ou des objets réellement *montrables* autour de nous, c'est-à-dire plus ou moins à la portée de nos yeux ou d'un geste de notre main.

On a dit : « *le soleil, la lune, les étoiles,* » c'est-à-dire, en réalité : « *ce soleil* » (qui nous éclaire), « *cette lune* », « *ces étoiles* » (que nous voyons briller au firmament).

On a dit : « *le ciel, l'univers, l'air, l'atmosphère,* » c'est-à-dire « *ce ciel* » (qui s'étend au-dessus de nos têtes); « *cet univers* » (que nos yeux aperçoivent de tous côtés; « *cet air, cette atmosphère* » (qui nous entourent), etc.

On a dit : « *la ville, le village, l'église, les champs,* » c'est-à-dire « *cette ville, ce village* » (où nous vivons); « *cette église* » (où l'on se réunit dans des circonstances si familières); « *ces champs* » (que nous aimons à parcourir, à voir se couvrir de moissons, etc.).

Ainsi, le premier rôle de l'article a dû être de désigner des êtres ou des objets existant réellement et matériellement dans quelque endroit déterminé. C'est donc une idée de *détermination locale* ou *localisatrice* qui a dû entraîner tout d'abord celle de désignation démonstrative atténuée, spontanément exprimée par l'article.

Ce n'est que par extension et par analogie que cet emploi de l'article est passé du domaine matériel dans le domaine intellectuel, par exemple, quand on a dit : « Le roi s'empara de la ville, » c'est-à-dire « *ce* roi (dont il s'agit) s'empara de *cette* ville » (dont il a également été question); « la vertu de Socrate, » c'est-à-dire « *cette* vertu » (qui distinguait Socrate); « les habitants de tel ou tel pays, » c'est-à-dire « *ces* habitants » (que l'on trouve dans tel ou tel pays).

De là une seconde nuance de l'idée de détermination, celle de *détermination proprement dite*, c'est-à-dire de *détermination restrictive, distinctive* et *particularisatrice*.

Mais, dans aucune langue, l'emploi de l'article n'est resté limité à marquer ces deux nuances primordiales et fondamentales de l'idée de détermination. Déjà, dans le grec ancien (et même en hébreu), l'article servait à marquer une notion des choses qui est *l'inverse même* de l'idée de détermination proprement dite.

Hippocrate commence son livre d'aphorismes par une phrase qui est devenue proverbiale, et où l'article figure comme en français pour marquer *l'idée pleinement et entièrement générale* des choses considé- rées *complètement en elles-mêmes et dans toute l'étendue de leur notion.*

Ho men bios brakhus, hè de tekhnè makrè. La vie est courte, mais l'art est long[1].

---

[1] La phrase se continue par trois autres substantifs abstraits, également précédés de l'article : **ho de kairos oxus, hè de peira sphalerè, hè de krisis khalepè.** L'occasion est fugitive, l'expérience est trompeuse, le jugement difficile.

L'allemand, qui pourtant aime à supprimer l'article dans les proverbes, ne pourrait pas le faire pour traduire cet aphorisme, car il faut dire : **das Leben ist kurz, die Kunst ist lang.**

Il en serait de même dans toutes les langues néo-latines, et vraisemblablement dans toutes les langues néo-germaniques, à l'exception de la langue anglaise[1].

Dans toutes ces langues, « l'art » et « la vie », ainsi considérés *pleinement et intégralement en eux-mêmes*, c'est-à-dire dans toute l'étendue de leur notion, s'identifient idéalement, se transforment en entités morales, en êtres de raison, qui apparaissent à l'esprit comme quelque chose de *complet*, de *distinct* et de *déterminé en soi*.

Il y a de même *détermination idéale* de la notion des choses lorsque l'idée de pluralité s'étend jusqu'à l'*ensemble universel* des êtres ou des objets désignés.

Ex. : Les hommes sont mortels. **Die Menschen sind sterblich.** Les végétaux respirent, mais non comme les animaux. **Die Vegetabilien athmen, aber nicht wie die Tiere.**

La langue anglaise se sépare dans ces deux cas de toutes les autres langues.

Life is short and time is fleeting (Longfellow). La vie est courte et le temps s'enfuit. **Men are mortal.** Les hommes sont mortels. **Vegetables breathe, but not like animals.** Les végétaux respirent, mais non à la façon des animaux.

L'esprit éminemment positif et pratique de la race anglo-saxonne ne lui a pas permis de considérer comme déterminé dans son idée d'ensemble et d'intégralité notionnelle ce qui ne constitue pas un ensemble réel et effectif ; ce qui ne possède aucune intégralité véritable, distincte et indépendante ; ce qui, en soi-même, dans son essence ou dans sa composition, ne commence et ne finit nulle part ; en un mot, ce qui n'offre à l'esprit l'idée d'aucunes bornes ou limites saisissables ou assignables.

On désignera donc sans article, en anglais, si toutefois il n'existe par ailleurs aucune circonstance déterminative, les ordres d'idées suivants :

1° Les *idées abstraites*, qui ne sont que de simples attributs, dépourvus de toute existence propre et effective, comme les qualités, les défauts ou les propriétés des choses ou des personnes ; les vertus ou les vices, « l'amour ou la haine, l'honneur ou la honte,

---

[1] Même en arabe et en hébreu, l'article est de rigueur dans cette circonstance

la justice, la gloire, la force, la grandeur, la hauteur, l'épaisseur, la durée, etc. ».

2° Tout ce qui n'est qu'un *être de raison*, une *conception d'esprit*, intangible et insaisissable en elle-même et dans son intégralité, comme « l'espace, le temps, l'éternité, le chaos, la nature, etc. ».

3° Ce qui n'a qu'une existence indélimitée et contingente en elle-même, comme les *substances partitives* : « l'eau, le fer, le marbre, le pain, le vin, etc. », dont il est impossible de dire combien il en existe ou pourrait en exister.

4° Ce qui ne présente à l'esprit que l'idée d'un nombre indélimité et indélimitable, comme les *pluralités indéfinies* : « les hommes, les animaux, les végétaux, les minéraux, etc. ».

Ex. : L'honneur doit être notre seul guide. **Honour must be our only guide. Die Ehre soll unsere einzige Führerin sein.**

La vérité est la fille du temps. **Truth is the daughter of time. Die Wahrheit ist die Tochter der Zeit.**

On doit aimer la justice avant tout. **One must love justice before every thing. Man soll vor allem die Gerechtigkeit lieben.**

Le nom de la vertu était en honneur chez les anciens. **The name of virtue was in honour among the ancients. Der Name der Tugend stand bei den Alten in Ehren.**

Il faut obéir à la nécessité. **One must yield to necessity. Man muss der Notwendigkeit gehorchen.**

On doit résister à l'ambition et à l'orgueil. **One ought to resist ambition and pride. Man soll dem Ehrgeiz und dem Zorn widerstehn.**

Il faut mépriser le danger et la mort. **One ought to despise danger and death. Man soll der Gefahr und dem Tod trotzen.**

Il trouva sa consolation dans le travail. **He found his consolation in work. Er fand in der Arbeit seinen Trost**[1].

Ainsi, dans la conception anglaise, il y a *indétermination des choses considérées en elles-mêmes et dans toute l'étendue de leur notion*, s'il s'agit de quelque chose qui n'offre à l'esprit l'idée d'*aucune forme* ou *physionomie individuelle*, ni d'*aucunes bornes* ou *limites assignables* et *saisissables*, en un mot, s'il s'agit de quelque chose de *réellement indéterminé en soi*, au sens propre et étymologique de ce mot.

---

[1]. Dans toutes les langues autres que l'anglais, aussi bien dans les langues néo-germaniques que dans les langues néo-latines, voire même dans la langue grecque moderne, l'article s'emploierait, en principe, dans tous les exemples ci-dessus, et dans toutes les phrases analogues, sauf s'il y avait intervention de l'idée partitive, ou s'il s'agissait d'un proverbe traditionnel.

Mais s'il s'agit, au contraire, d'un être ou d'un objet *concret*, c'est-à-dire *distinct et individuel* dans sa forme et sa physionomie matérielle, comme « le cheval », « la charrue » ; ou *borné et délimité* dans sa physionomie intellectuelle, c'est-à-dire dans son étendue, sa mesure ou sa durée, comme « la toise. le pied, le pouce, l'année, le mois, le jour, l'heure, la minute, etc. », la langue anglaise se rencontre avec toutes les autres langues pour reconnaître une sorte de *détermination intrinsèque et spontanée* de cet être ou de cet objet considéré en lui-même et dans son *identité spécifique*, c'est-à-dire alors même qu'il représenterait *toute une espèce, toute une classe, toute une catégorie* d'êtres ou d'objets, en nombre manifestement indéterminé.

Ex. : **The horse is our noblest conquest, the plough is our most useful invention.** Le cheval est notre plus belle conquête[1], la charrue est notre plus utile invention.

The year is twelve months, the month is the twelfth part of the year. L'année a douze mois, le mois est la douzième partie de l'année.

The minute is the sixtieth part of an hour, the second the sixtieth part of a minute. La minute est la soixantième partie de l'heure, la seconde est la soixantième partie de la minute.

Mais on dirait sans article au pluriel : **Horses are our noblest helpmates, ploughs are our most valuable implements of labour.** Les chevaux sont nos plus nobles auxiliaires, les charrues sont nos plus précieux instruments de travail.

Bien que chaque « cheval » ou chaque « charrue », en particulier, soit « quelque chose de *déterminé en soi* », l'ensemble général de « ces chevaux » ou de « ces charrues », ne présentant à l'esprit que l'idée d'une *pluralité indéfinie, indistincte* et *contingente*, reste *indéterminé* et sans article en anglais.

Dans toutes les autres langues, au contraire, aussi bien en allemand et dans toutes les langues néo-germaniques qu'en français et dans toutes les langues néo-latines, cette idée d'ensemble pleinement et complètement général ou universel, c'est-à-dire *d'universalité notionnelle*, suffit, comme en français, pour entraîner l'emploi de l'article.

Ex. : **Die Pferde sind unsere edelsten Gehülfen.** Les chevaux sont nos plus nobles auxiliaires.

---

[1] Il a fallu changer quelque chose à la phrase de BUFFON, afin d'éviter d'y faire figurer le mot **man**, qui, fidèle à l'usage anglo-saxon, fait exception à la règle ci-dessous.

Die Plüge sind unsere nützlichsten Arbeitswerkzeuge. Les charrues sont nos plus utiles instruments de travail.

Die Hunde sind unsere treuesten Freunde. Les chiens sont nos plus fidèles amis.

C'est cette divergence de l'usage, lorsqu'il s'agit de l'idée *d'intégralité ou d'universalité notionnelle*, qui constitue la caractéristique fondamentale de l'emploi de l'article, quand on passe d'une langue quelconque à la langue anglaise, et, réciproquement, lorsqu'on passe de l'anglais à l'une quelconque des principales langues européennes.

————

§ II. **Conflit en anglais, entre l'idée de pleine et entière généralité ou d'intégralité notionnelle, et les diverses nuances de celle de détermination.**

Il n'est jamais nécessaire de distinguer en français, ni dans les autres langues modernes, à l'exception de l'anglais, entre l'idée d'intégralité notionnelle et les différentes nuances de celle de détermination, puisque, dans l'un et l'autre cas, il y a emploi de l'article.

Il en est tout autrement en anglais, où, au contraire, l'idée d'intégralité notionnelle reste indéterminée, et où, par suite, elle se heurte à chaque instant à ces différentes nuances, plus ou moins délicates et lointaines, que l'idée de détermination y comporte, aussi bien que dans les autres langues.

The water is bad in Venice. — Water is an article of trade in Venice[1].

One must always speak the truth. — One must always adhere to truth.

The chase, the song and the dance, ou hunting, singing and dancing, have ever been favourite pastimes all over the world.

When I bathe, I do not like to get suddenly into the water. I do not like to bathe in cold water.

I dislike to walk in the snow. I dislike snow. The snow keeps the seed warm in the ground. Snow is the vapour of the atmosphere frozen by a current of cold air.

1. Dans cet exemple, comme dans tous ceux qui suivent, l'article est de rigueur devant tous les substantifs dans toutes les langues modernes autres que l'anglais

I like to lie on the grass. Cattle are fond of fresh grass.
The night was still and silent. Still night was coming on.
When dawn appears, the birds begin to chirp and warble.
A true sportsman rises with the dawn.

I like to rise early in the morning. Morning is the best time
for intellectual work.

Spring is the sweetest time of the year. I generally spend
the spring in the country. My health generally improves in
spring.

Deer live in the green woods and dark forests. Deer are
fond of green woods and dark forests.

I like to walk in the fields and meadows. I like the smell
of clover fields and new-mown meadows.

The weather depends on the wind. I do not like to walk
abroad when the weather is hot. I do not like to walk in hot
weather. It is my lot to work and toil in the hot weather, in
the sun, and in the rain. The weather is generally fine in
this country.

The boat will leave at 10 P. M., wind and weather per-
mitting.

Christians are those that believe in Christ. The christians
and the Mussulmans have ever been irreconcilable foes.

Poets are not often exact in their descriptions; hence it is
that the historians have but little regard for the poets.

Toutes les contradictions apparentes de ces exemples s'expliquent
et se justifient; tout se régularise et s'harmonise dans la question de
l'article the, lorsqu'on s'est rendu un compte exact des vrais principes de l'idée de détermination en anglais, comme on le verra par la
suite de ce travail.

Nous n'examinerons, pour le moment, qu'un seul des cas qui sont
restés jusqu'ici embarrassants, faute d'une doctrine suffisamment
ample et compréhensive.

On sait que l'ensemble des étoiles, bien qu'indélimité et indélimitable, n'en est pas moins désigné en anglais à l'aide de l'article.

Ex. : The stars declare the glory of God. Les étoiles pro-
clament la gloire de Dieu.

C'est ordinairement l'*idée collective* qu'on invoque pour justifier ici
cet emploi de l'article, sans d'ailleurs avoir essayé de dire en quoi et
pourquoi cette idée de collectivité pourrait être une raison d'employer
l'article, ni comment il se fait que les *collectifs les plus évidents et les*

plus généraux, tels que **mankind, posterity, society,** sont précisément ceux qui rejettent l'article en anglais[1].

Aussi quelques auteurs ont-ils essayé de compléter et de préciser ce vague principe de détermination collective. Dans une grammaire rédigée en anglais, on enseigne que les seuls collectifs exigeant l'emploi de l'article, sont ceux dont on connaît en quelque sorte le nombre, « **the number of which is, as it were, known** »[2].

Or, parmi les exemples donnés en confirmation de cette règle, ainsi commentée et amendée (?), on trouve précisément celui des « étoiles », qui sont proverbialement innombrables[3].

D'autres grammairiens se contentent de dire que les collectifs exigeant l'emploi de l'article sont ceux qui « embrassent d'une manière bien marquée la *totalité* des êtres ou des objets désignés ».

A ces grammairiens, la pratique de la langue donne un démenti sans cesse renouvelé :

Men are mortal. Les hommes sont mortels. **Animals breathe, live and die, like men. Vegetables grow, live and die, like animals, but are destitute of voluntary motion. Minerals neither grow, nor live, nor die.** Les animaux respirent, vivent et meurent, comme les hommes. Les végétaux croissent, vivent et meurent, comme les animaux, mais sont privés de mouvement volontaire. Les minéraux ne croissent pas, ne vivent pas, ne meurent pas.

Certains grammairiens font mieux encore : pêle-mêle avec les « étoiles », avec tous les « peuples », avec toutes les « sectes », ils rangent au nombre des « collectifs » : « le chien », « l'âne », « la minute », et « la seconde ».

D'après eux, quand on dit : « *l'âne est patient; le chien est fidèle; la*

---

1. On se contente de dire que ces mots font exception C'est ainsi que les exemples les plus familiers, les plus conformes au génie grammatical anglais, ont été transformés en exceptions par une théorie insuffisante et inexacte, ce qui a fait dire à un humoriste que, dans cette question de l'article anglais, il n'y avait pas de règles, mais seulement des exceptions.

2. Est-il vraiment rationnel de se servir de la langue même que l'on enseigne, c'est-à-dire d'une langue inconnue de l'étudiant, pour lui expliquer des questions aussi ardues que celle de l'emploi de l'article défini, et la plupart des autres questions grammaticales ?

3. Les étoiles étaient déjà regardées comme proverbialement innombrables au temps de *Moïse,* car il fait dire à Dieu parlant à *Abraham :* **I will multiply thy seed as the stars of the Heaven, and as the sand which is upon the sea-shore** *(Genesis, XXII, 17).*

Ailleurs, Dieu fait sortir *Abraham* de sa tente pour lui montrer les étoiles et le mettre au défi de les compter : **And he (God) brought him forth abroad and said : Look now towards Heaven and tell the stars, if thou be able to number them** *(Genesis, XV, 5)*

seconde est la soixantième partie de la minute », non seulement « l'âne et le chien », mais encore « la minute et la seconde », sont des *collectifs!*

Que veut-on que devienne l'étudiant dans un tel chaos de doctrines[1]?

Même les professeurs s'y perdent. L'un d'eux me confiait un jour qu'il n'avait pu comprendre quelle idée de détermination pouvait intervenir pour faire désigner, à l'aide de l'article, l'ensemble général et indélimité des étoiles : the stars.

Pour toute réponse je me bornai à lever le doigt vers le ciel.

Il comprit immédiatement que l'article n'est ici que l'équivalent de ce geste *démonstratif* et *localisateur*, par lequel je lui désignais le ciel ; en d'autres termes, que l'ensemble des étoiles, bien qu'indéterminé en soi, se détermine spontanément à notre pensée, en raison de l'idée de *localisation implicite* qui en est inséparable.

Ainsi, malgré la généralité de la pensée, il peut y avoir emploi de l'article en anglais, comme dans les autres langues, en vertu d'une idée de désignation *purement démonstrative* et *localisatrice*, qui n'est qu'une nuance implicite et spontanée de l'idée première de la détermination.

On en est ainsi amené à reconnaître en anglais, en dehors de l'idée de détermination proprement dite, ou détermination restrictive et distinctive de la notion des choses, un grand nombre d'autres nuances plus ou moins directement émanées de l'idée première et originelle de la détermination.

Ces diverses nuances, par cela même qu'elles ne coïncident pas avec l'idée proprement dite de détermination, au sens étroit et courant de ce mot, sont ordinairement confondues par les étrangers avec l'idée de généralité ou d'indétermination.

De là, le conflit incessant qui existe à leurs yeux entre cette idée de généralité et les diverses nuances que l'idée de détermination comporte en anglais, comme dans les autres langues, et dont la connaissance exacte est indispensable pour employer correctement l'article the.

---

1. Que penser d'ailleurs d'une doctrine en vertu de laquelle il faudrait considérer comme des collectifs « les riches, les pauvres, les bons, les méchants, les boiteux », etc (the rich, the poor, the good, the wicked, the lame, etc.), mais non « les mendiants, les éclopés, les voleurs, les cambrioleurs, les ivrognes, etc. (beggars, cripples, robbers, burglars, drunkards, etc.)?

Chapitre II

L'idée de détermination réelle, c'est-à-dire interprétée étymologiquement, et les diverses nuances qu'elle comporte en anglais, aussi bien que dans les autres langues.

A. — Aux quatre coins d'un champ, les Romains plaçaient quatre *Dieux-Termes*. Ainsi pourvu de *bornes* ou de *limites*, ce champ se trouvait *déterminé*, c'est-à-dire :

1° *Borné* et *limité en lui-même,* dans sa forme, son étendue et sa mesure ;

2° *Identifié* et *particularisé par rapport aux autres champs,* c'est-à-dire *séparé* et *distingué* d'eux d'une manière précise et certaine ;

3° *Localisé dans un emplacement particulier,* où il devenait facile de le retrouver et de le désigner à autrui ;

4° *Classifié* et *catégorisé* par rapport à l'ensemble collectif du territoire et de sa distribution *subdivisionnaire.*

C'est de cette idée de détermination matérielle qu'est née celle de détermination grammaticale.

C'est pourquoi on doit y retrouver les mêmes nuances plus ou moins intellectualisées, à savoir :

1° L'idée de *bornes* et de *limites naturelles et spontanées* dans la notion des choses en elles-mêmes, c'est-à-dire en raison de leur forme, de leur étendue, de leur mesure ou de leur durée ;

2° L'idée de *bornes* ou de *limites identificatrices* et *distinctives* dans la notion des choses par rapport aux autres choses de même nature ;

3° L'idée de *bornes* ou de *limites localisatrices* dans la notion des choses. et, par extension, une idée de *localisation implicite et spontanée* de ces choses par rapport à nous-mêmes et au cercle familier de notre existence et de nos préoccupations.

4° Une idée de *bornes* ou de *limites démarcatives*, c'est-à-dire de *classification subdivisionnaire*, dans la notion des choses, par rapport à un ensemble général quelconque.

Cette idée de *bornes* ou de *limites*, ainsi interprétée et diversifiée, se retrouve, en effet, dans tous les cas de détermination, tels qu'ils existent dans toutes les langues. C'est donc cette idée de *bornes* ou de *limites*, soit par sa présence, soit par son absence, qui domine toute la question de l'emploi ou de la suppression de l'article.

.*.

B. — Il n'y a pas jusqu'à cette sorte de *détermination idéale* de la notion intégrale et universelle des choses, dont nous avons fait la première et la principale caractéristique différentielle de l'usage, qui ne puisse être rattachée, jusqu'à un certain point, à cette question de *bornes* ou de *limites*, base originelle et étymologique de l'idée de détermination.

En effet, si la notion de « l'eau », par exemple, quand on dit : « L'eau est composée de deux gaz », se présente à la conception française comme une sorte de « tout idéal », « d'ensemble complet et distinct en lui-même », c'est parce que la pensée s'étend alors jusqu'aux « limites extrêmes » au delà desquelles il n'existe plus rien de ce qui est compris dans la notion de « l'eau »[1].

Nous avons vu que c'est précisément le caractère idéal et irréel de cette nuance de détermination qui l'avait fait rejeter de l'usage anglais; mais toutes les autres nuances que l'idée de détermination comporte étymologiquement et logiquement, existent aussi bien en anglais que dans les autres langues.

Ce sont ces nuances diverses et délicates qu'il importe de savoir reconnaître avec sûreté, sous peine d'être, à chaque instant, induit en erreur par l'apparente généralité de la pensée.

Une phrase, en effet, peut avoir, par elle-même, une portée purement générale, bien que la notion des choses qui figurent dans la pensée puisse être bornée et délimitée, soit en raison de leur nature même, soit en raison des circonstances plus ou moins restrictives ou délimitatives de la situation donnée ou supposée.

Nous étudierons dans ce chapitre les principales conceptions

---

[1]. En d'autres termes, la notion de l'eau est ici pourvue de bornes et de limites, mais purement figuratives et métaphysiques. — On dit alors, dans le langage philosophique, que l'extension de la notion est égale à sa compréhension.

d'esprit auxquelles répondent ces diverses nuances, en suivant l'ordre dans lequel nous les révèle l'interprétation étymologique de l'idée de détermination.

---

§ 1. Détermination par idée de bornes ou de limites intrinsèques et spontanées dans la nature même des choses.

I. Détermination intrinsèque et spontanée de l'être ou de l'objet matériellement concret et individuel.

A.— Un être ou un objet *concret* et *individuel*, c'est-à-dire entier, complet et distinct en lui-même, comme « le cheval » ou « la charrue », ne peut guère se désigner sans article[1].

Avec l'idée d'*unité simple*, il faut employer l'article d'unité numérale ou article indéfini. Ex.: *Un cheval, une charrue*.

Avec l'idée d'*unité spécifique* ou *typique*, il faut employer l'article défini. Ex.: *Le cheval est notre plus belle conquête, la charrue est notre plus utile invention.*

En effet, la notion du « cheval » ou de la « charrue », bien que considérée en elle-même et en général, éveille spontanément et nécessairement dans l'esprit l'idée de « certains contours arrêtés », d'une « certaine forme distincte et individuelle », en un mot de *« certaines bornes* ou *limites naturelles, effectives* et *saisissables »*, qui permettent de les désigner démonstrativement dans leur intégralité notionnelle, à l'aide de l'article.

En d'autres termes, la notion du *« cheval »* ou de la *« charrue »* est inséparable de l'idée de quelque chose de *borné* et de *limité*, et, par suite, de *distinct* et de *déterminé en soi*. C'est pourquoi, dans toutes les langues sans exception, on emploie l'article avec tout substantif désignant ainsi un être ou un objet *concret*, *distinct* et, *individuel*, considéré comme le *type représentatif* d'une certaine espèce, ou classe, ou catégorie d'êtres ou d'objets. Ex.: The horse is

---

[1]. Au singulier, les noms d'êtres ou d'objets concrets ne restent sans article que dans deux cas 1° pour marquer l'idée pure et simple de dénomination. Ex : *L'animal appelé lion   Le nom de lion, Un courage de lion*, 2° pour marquer, non l'être ou l'objet lui-même, mais une simple relation de quelque autre chose avec cet être ou objet : **un fer-à-cheval, un crin de cheval**, etc.

our noblest conquest; the plough is our most useful invention. — **Das Pferd ist unsere edelste Errungenschaft; der
Plug ist unsere nützlichste Erfindung.**

Ce cas grammatical est parfois désigné, dans l'enseignement des
classes, comme «l'emploi du singulier pour le pluriel». C'est une désignation approximativement exacte dans la majorité des circonstances.
Mais, en réalité, c'est uniquement parce que l'être ou l'objet servant
de type représentatif ou spécifique offre à l'esprit l'idée de « quelque
chose de déterminé en soi », que l'article est ici employé[1].

.

B. — Les mots **man** et **woman** font exception à cette règle, par
une sorte de retour en arrière, vers l'usage des temps primitifs, et
contrairement aux principes généraux de l'évolution du rôle de
l'article dans toutes les langues.

Ex. : **Man is mortal; woman's name is frailty.**

Cette exception provient manifestement de ce que, en anglo-saxon,
comme en allemand, le mot **man** ou **mann,** sans article, signifiait :
« **any one** », c'est-à-dire « *on* ». Il était par suite indispensable d'employer l'article pour désigner « l'homme » en général :

Ex. : **Se mann is wacra thonne sa netenu.** L'homme est plus
faible que les animaux. (Exemple d'AELFRIC, cité par H. SWEET.)

Plus tard, lorsqu'on eut cessé de se servir du mot « **man** », sans
article, pour désigner « **any one** », c'est-à-dire « *on* », l'habitude de
l'employer sans article s'est trouvée trop fortement implantée dans la
langue pour disparaître de la phraséologie courante. Elle est donc
restée attachée au mot **man,** alors même qu'il s'appliquait à
« l'homme » considéré en lui-même et comme type représentatif de
l'espèce. Quant au mot **woman,** c'est vraisemblablement par analogie
qu'il s'est employé de même sans article.

Mais pour peu qu'il ne s'agisse pas de la notion pleinement et

---

1. Si la présence de l'article était due ici à l'emploi du singulier pour le pluriel,
comment ne serait-elle pas également nécessaire au pluriel : **Horses are our noblest
conquest, ploughs our most useful invention?** Or, on sait que c'est précisément l'idée de pluralité qui entraîne ici le rejet de l'article en anglais, par suite de la
prédominance de celle d'un nombre indéterminé d'êtres ou d'objets.

On sait également que dans les autres langues que l'anglais, c'est l'idée d'intégralité notionnelle qui prédomine au pluriel, comme au singulier, entraînant par
là-même l'emploi de l'article. Ex · *Les chevaux sont notre plus belle conquête, les
charrues sont notre plus utile invention.* **Die Pferde sind unsere edelste Errungenschaft, die Plüge sind unsere nützlichste Erfindung.**

complètement générale de l'homme et de la femme, les mots **man** et **woman** retombent sous la loi commune des substantifs concrets au singulier.

Ex. : **Manners make the man** (devise de **New-College à Oxford**). Ce sont les manières qui font l'homme (c'est-à-dire l'homme que chacun de nous est appelé à devenir)[1].

The young man is rash and imprudent, the old man is slow and wary. The magistrate is the guardian of the law.

***

C. — Si un être ou un objet *unique, distinct* et *individuel*, est désigné par un mot *pluriel*, comme **the scales**, les balances, **the pincers**, les tenailles, **the tongs**, les pincettes, **the scissors**, les ciseaux, **the shears**, les cisailles, l'article s'emploie logiquement pour marquer l'idée de l'être ou de l'objet-type.

Ex. : **The scales are the emblem of justice.** Les balances sont l'emblème de la justice[2].

***

D. — La notion de *détermination intrinsèque* et *spontanée* de l'être ou de l'objet *concret* et *individuel*, peut d'ailleurs exister à un grand nombre de points de vue, soit *physiques* ou *matériels*, soit *intellectuels*.

Dans le domaine *matériel* ou *physique*, tout ce qui n'est pas *substance partitive* ou *idée abstraite*, constitue, en principe, « un être ou un objet *concret* et *individuel* ».

Un arbre, une plante, une fleur, est quelque chose de *déterminé en soi*, comme présentant spontanément à l'esprit l'idée d'une certaine *individualité d'existence*, d'un certain *ensemble distinct* et *saisissable* dans son *intégralité*.

On dira donc en employant l'article en anglais, comme dans toutes les autres langues, même en parlant en général : the oak ou the

---

1. A plus forte raison, si les mots **man** et **woman** représentent l'être humain à un âge déterminé qui le distingue de l'enfant et du vieillard, suivent-ils la règle ordinaire des noms concrets au singulier. Ex. · **What the child does, the man shall do.** (Exemple emprunté au livre de M BARET, *Troisième année d'anglais.*)

2. Cet exemple prouve que la règle de nos abrégés de grammaire, prescrivant l'emploi de l'article quand on se sert d'un singulier à la place du pluriel, est purement approximative et, par suite, inexacte, comme toutes les règles incomplètes et soi-disant pratiques, la plupart de ces règles ayant été formulées sans que leurs auteurs aient songé à en pénétrer le principe et la raison d'être.

oak-tree, le chêne; the rose, la rose; the rose-tree ou the rose-bush, le rosier; the pink ou the carnation, l'œillet; the violet, la violette; the daisy, la pâquerette; the gilly-flower ou the wall-flower, la giroflée; the mistletoe, le gui; the ivy, le lierre; the rosemary, le romarin; the sage, la sauge; the onion, l'oignon; the garlic, l'ail; the leek, le poireau; the strawberry-plant, le fraisier, etc.

Ex. : The rose has but a summer's reign, the daisy never dies (MONTGOMERY). La rose ne règne qu'un été, la pâquerette ne meurt jamais.

The violet was sacred to Minerva and the emblematic flower of Athens. La violette était consacrée à Minerve et la fleur emblématique d'Athènes.

Même un « bois », une « forêt », impliquent l'idée de certains *contours arrêtés*, d'une certaine *délimitation*, d'un certain *ensemble individuel, distinct* et *déterminé* en soi.

Ex. : The oak is the king of the forest. The birch is called in English the lady of the wood [1].

.*.

E. — Les exceptions que comporte cette règle sont la confirmation du principe même sur lequel elle repose, à savoir l'*individualité* de la plante.

Si cette *individualité est trop peu apparente,* comme lorsqu'il s'agit d'une plante ou d'une fleur ne se présentant guère à notre vue qu'*en masses partitives,* c'est-à-dire en collectivités plus ou moins considérables, c'est l'*idée partitive* qui domine dans la conception anglaise; la notion de *bornes* ou de *limites individuelles* disparaît alors logiquement, et avec elle le concept *déterminé.*

Ex. : Mignonette, le réséda; sweet-William, l'œillet de poète; thyme, le thym; wheat, rye, barley, le froment, le seigle, l'orge; parsley, chervil, le persil, le cerfeuil; lettuce, coss-lettuce, cabbage-lettuce, curled-lettuce, la laitue, la romaine, la laitue proprement dite, la chicorée.

Les botanistes apprendront avec satisfaction que l'« asperge » est

1. Il suffit de s'aventurer avec un fusil, parfois même sans fusil, dans une forêt de l'État ou dans un bois particulier, pour avoir bientôt la preuve, sous forme de procès-verbal, que les « contours » de ce bois ou de cette forêt sont bien réellement « arrêtés et déterminés ».

rangée dans cette catégorie de plantes *partitives* et non *individuelles*. En effet, ce que nous appelons en français une « asperge », n'est réellement pas une plante, mais simplement une des pousses annuelles d'une plante appelée en anglais the **asparagus-plant**, et en français la « griffe d'asperge ».

Ce n'est évidemment pas consciemment que cet hommage indirect est rendu à la science; mais c'est une conception voisine de la vérité scientifique, à savoir la production *partitive* des pousses de *l'asperge*, qui détermine l'usage anglais.

Ex. : **Asparagus is cut as soon as it appears out of the ground.** L'asperge ou plutôt les asperges sont coupées aussitôt qu'elles apparaissent hors du sol.

Les pousses comestibles de *l'asperge* sont tellement inséparables de l'idée *partitive*, en anglais, qu'on en parle ordinairement au singulier, comme on parle de « l'oseille », du « persil » ou du « cerfeuil » [1].

Ex. : Voulez-vous encore des asperges? **Will you have some more asparagus, any more asparagus?** J'en prendrai encore quelques-unes. **I will take some more, a little more.**

On ne pourrait pas dire en parlant d'asperges : **a few more, two or three more.** Si l'on tient à marquer l'idée du nombre, il faut avoir recours à une circonlocution : **a few pieces or bits more, two or three pieces or bits more.**

Pourtant avec un sous-entendu on peut dire : **Asparagus is sold in bundles of twenty five each** (c'est-à-dire **of twenty-five pieces or bits each**).

C'est encore à une circonlocution qu'il faut avoir recours pour marquer l'idée de la *plante individuelle,* quand il s'agit de ces plantes *d'aspect partitif.*

Ex. : **The wheat-plant, the rye-plant, the mignonette-plant.**

« L'avoine » occupe une situation privilégiée parmi les céréales. Comme elle se désigne communément par un pluriel, **oats,** l'idée de la *plante individuelle* peut se marquer par le singulier **the oat,** aussi bien que par la circonlocution **the oat-plant.**

Le mot **fruit** est également employé au singulier en anglais, lorsque l'idée est *partitive.*

Ex. : **Give me some fruit,** donnez-moi des fruits ou du fruit. **Fruit is dear in this country,** le fruit ou les fruits sont chers dans ce pays.

---

[1] Le mot **spinach** ou **spinage,** des épinards, ne s'emploie également qu'au singulier par suite de la prédominance de l'idée de substance *partitive.*

F. — Les noms des *poissons les plus connus* offrent diverses particularités en anglais.

Pour désigner un *nombre indéfini*, ils sont employés au *singulier*
et *partitivement*, c'est-à-dire sans article.

Ex. : **Trout is plentiful in this river.** La truite est abondante
dans cette rivière. **Salmon is abundant in this season.** Le
saumon abonde dans cette saison. **Is there any fish in this pond?**
Y a-t-il du poisson dans cet étang? **There is tench and pike.** Il y
a de la tanche et du brochet.

Même avec une idée expresse de pluralité, les noms de poissons les
plus connus perdent le signe du pluriel, s'il s'agit d'un *nombre indéfini*, quoique restreint et limité.

Ex. : **We caught a great many fish, plenty of salmon, a
number of codfish, several trout, two or three mackerel and
a few tench** [1].

Mais si l'on a en vue la désignation du *type spécifique*, l'idée
partitive disparaissant alors nécessairement, tout nom de *poisson* au
singulier prend l'article en anglais comme dans les autres langues,
conformément à la règle générale des noms d'êtres ou objets
concrets [2].

Ex. : **The trout is wary and sharp-sighted.** La truite est
prudente et clairvoyante.

.*.

G. — Bien que les *minéraux* soient d'une nature essentiellement
partitive, il en est cependant, comme les *pierres précieuses*, qui
éveillent spontanément dans l'esprit l'idée de quelque chose de
concret, c'est-à-dire de *distinct* et d'*individuel*.

Le *diamant*, par exemple, si on le considère en lui-même et dans
son essence, n'est qu'une *substance partitive*, justiciable du creuset et
de l'analyse chimique.

---

1. Même lorsqu'il s'agit d'un nombre déterminé, la langue familière supprime l's
du pluriel, par analogie, après ces noms de poissons les plus connus, c'est à-dire
ceux qui figurent dans les exemples ci-dessus. Les autres prennent toujours *s* au
pluriel : **sharks, herrings, soles, skates, rays,** etc.

2. Il va sans dire que, lorsqu'un nom de poisson, de plante, de légume, sert à
désigner un aliment, il retombe sous la loi commune des mots qui indiquent les
substances partitives.

Ex : **Salmon is a wholesome food. Lobster is supposed to lie heavy
on the stomach.**

Ex. : **Diamond is a substance which does not differ essentially from coal or charcoal.** Le diamant est une substance qui ne diffère pas essentiellement de la houille ou du charbon de bois.

Mais en dehors du point de vue de sa composition chimique, le *diamant* cesse d'être une *substance partitive*. On ne le trouve que par *exemplaires isolés* et *individuels*. On le vend, on l'achète de même, par *unités*. Il y a des diamants tellement *individualisés* qu'ils ont reçu des noms. C'est ainsi que le « *Regent* », le « *Sancy* », le « *Kohinoor* », sont depuis longtemps devenus des entités historiques.

En d'autres termes, « un diamant », ou « une pierre précieuse » quelconque, constitue un objet *concret*, c'est-à-dire *distinct, individuel* et *déterminé* en lui-même.

Ex. : **The diamond is the most valuable of the precious stones. The others are the emerald, the sapphire, the ruby the amethyst, the turquoise, the opal, etc.** Le diamant est la pierre précieuse qui a le plus de valeur. Les autres sont l'émeraude, le saphir, le rubis, l'améthyste, la turquoise, l'opale, etc.

Il est dit dans la *Bible anglaise* que parmi les productions d'un certain pays se trouvait : « the onyx ».

Quand on parle d'« onyx », on entend généralement par là une espèce de marbre ou d'albâtre à veines de diverses couleurs.

Mais l'emploi de l'article par la *Bible* est une preuve qu'il existe une autre espèce d'onyx, assimilable aux pierres précieuses et se rencontrant, comme elles, en exemplaires isolés et individuels.

Ce sont ces onyx que l'on transforme en camées et autres ornements. Le grand-prêtre des Hébreux portait « un onyx » sur sa poitrine.

On dira donc en anglais, sans article : **Onyx is found in large quantities in North Africa,** on trouve de l'onyx en grandes quantités dans l'Afrique du nord ; et avec l'article : **The onyx is considered as a precious stone.** L'onyx est considéré comme une pierre précieuse.

Même « une agate » est une pierre *distincte* et *individuelle*. Bien qu'il s'en rencontre aujourd'hui des gisements considérables en Amérique, on ne la trouvait autrefois que par *exemplaires isolés* et sous forme de galets arrondis, dans les torrents de nos montagnes.

Ex. : **The agate, although relatively common, is numbered among the precious stones.** L'agate, quoique relativement commune, est comptée au nombre des pierres précieuses.

Ainsi, même les caprices apparents de l'usage ont leur raison d'être et leur justification, quand on a su pénétrer « l'esprit des choses », **the spirit of each thing** (BYRON)[1].

II. DÉTERMINATION INTRINSÈQUE ET SPONTANÉE DE L'ÊTRE OU DE L'OBJET INTELLECTUELLEMENT CONCRET ET INDIVIDUEL.

A. — Si du domaine *matériel* on passe au domaine *intellectuel*, on y retrouve le même principe de *détermination intrinsèque* et *spontanée* de tout concept comportant l'idée de *bornes* ou de *limites inséparables* de sa notion, c'est-à-dire l'idée de quelque chose de *borné* ou de *limité* dans son *étendue*, sa *mesure* ou sa *durée*, et servant à désigner *le type spécifique*, *l'étalon représentatif*, *l'emblème* ou *le symbole* de toute une classe ou catégorie d'êtres ou d'objets.

C'est cette idée de *bornes* ou de *limites inséparables* de la notion des choses, et non l'idée *collective*, comme on l'enseigne trop souvent, qui justifie l'emploi de l'article en anglais dans les expressions suivantes :

The year, the month, the day, the hour, the minute, the second; the ton, the hundredweight, the quarter, the stone, the pound, the ounce, etc., the fathom, the yard, the foot, the inch; the bushel, the gallon, the quart, the pint, the gill, etc.

Ex. : **The divisions of the year are the month and the day; the divisions of the hour are the minute and the second.** Les divisions de l'année sont le mois et le jour ; les divisions de l'heure sont la minute et la seconde.

Butter is sold by the pound; ale by the gallon, or by the pint; wine by the bottle; cloth by the ell or the yard; wood by the standard, the load or the cubic foot, etc.

Dans ces derniers exemples, bien loin qu'il s'agisse de marquer l'idée de collectivité, c'est-à-dire d'identification d'ensemble, on ne pourrait même pas tourner le singulier par le pluriel. On ne peut manifestement pas dire, par exemple, que l'on vend le beurre par « des livres », c'est-à-dire par « plusieurs livres à la fois », ni même toujours par « une livre entière » chaque fois, mais simplement qu'on

---

1. Les divergences ci-dessus constatées entre l'usage anglais et celui des autres langues se rattachent toutes à la loi générale d'indétermination de la notion partitive des choses.

se sert, pour cette vente, de l'unité de poids, bien définie et reconnue par l'usage, qu'on appelle « la livre », **the pound,** etc. [1].

.•.

B. — C'est cette même idée de *bornes* ou de *limites* inséparables de la notion des choses qui régit les exemples suivants :

The dance, the song, the hunt or the chase, have ever been favourite pastimes with mankind. La danse, le chant (ou la chanson) et la chasse ont toujours été les passe-temps favoris de l'humanité.

On ne peut pas danser toujours, ni chanter toujours, ni chasser toujours. « Une danse », « une chanson », ou « une chasse », ont des *bornes*, des *limites forcées*, un commencement et une fin. C'est donc quelque chose de *borné*, de *limité* dans sa *durée*, et, par suite, de *déterminé en soi*.

Mais on dirait sans article, bien qu'avec le même sens :

Dancing, singing and hunting have ever been favourite pastimes.

En effet, dancing n'est pas « une » danse, c'est-à-dire le fait de « danser pendant un temps plus ou moins long » ; c'est le fait de « cultiver l'art de la danse » considéré en lui-même, et sans aucune référence à une durée quelconque.

On dit **the drama,** le drame, parce que le mot « drame » signifie étymologiquement « *une action* », « *un fait* » *distinct* et *particulier*, *borné* et *limité* dans sa durée et ses circonstances. Mais on dit : **comedy, tragedy,** la comédie, la tragédie, parce qu'il ne s'agit pas « d'*une comédie* » ou « d'*une tragédie* », mais de deux genres de littérature, de deux manières de concevoir et de pratiquer l'art dramatique, avec toutes les contingences qu'elles comportent : **The drama includes tragedy and comedy.**

Enfin, c'est encore l'idée de *bornes* ou de *limites spontanées* dans la notion des choses considérées en elles-mêmes, qui entraîne l'emploi de l'article dans les expressions suivantes :

Coffee is on the advance, ou **advancing,** le café est en hausse.
Cottons are on the decline, ou **declining,** les cotons sont en baisse.

---

1. Mais on dirait **Butter is sold so much a pound,** le beurre se vend tant la livre, parce que l'idée « d'unité simple » tend généralement à l'emporter en anglais sur celle du « type représentatif », toutes les fois qu'il y a conflit entre ces deux idées. Or, on n'a manifestement en vue ici que l'idée d'une seule livre de beurre pour la somme indiquée

Chaque « hausse », chaque « baisse» qui se produit, a des *bornes* ou *limites* faciles à déterminer. On cote la « hausse » ou la «baisse» à la bourse et dans les papiers publics.

On justifierait par des considérations analogues les expressions : **On the wane,** sur le déclin ; **on the watch** [1], aux aguets (sur le guet) ; **on the alert,** sur le qui-vive ; **to give the alarm** [2], donner l'alarme ; **the sword yields to the cloth** [3], le sabre doit s'incliner devant la robe du magistrat, devant le pouvoir civil : *cedant arma togæ.*

.*.

C. — Une remarque d'une grande importance doit être faite, quand il s'agit de tous ces cas de *détermination intrinsèque et spontanée :* c'est que l'idée de détermination, y étant régie par la nature même des choses, reste complètement *indépendante de la généralité de la pensée.*

En d'autres termes, on peut parler purement et simplement *en général* de quelque• chose de *déterminé en soi,* sans que cette idée de *détermination intrinsèque et spontanée* cesse d'exister [4]. Nous verrons dans la suite de cette étude qu'il en est de même de la plupart des autres *nuances spontanées* ou *implicites* de *l'idée de détermination.*

_____

§ II. Détermination proprement dite, expresse ou évidente, c'est-à-dire par idée de bornes ou de limites manifestement restrictives et distinctives dans la notion des choses.

A. — Il y a *détermination proprement dite,* dans toutes les langues, quand on *distingue expressément* ou *manifestement* entre certains êtres ou objets, ou une certaine portion de quelque chose, et l'ensemble général de ces êtres ou objets ou de cette chose.

La détermination est *expresse* quand on dit : L'eau de ce puits,

1. **A watch** est à proprement parler une « faction » d'une certaine durée réglementaire. « Le Quart » en langage maritime est une faction de quatre heures ; mais sa durée était autrefois de six heures, c'est-à-dire un quart de jour.

2. Une alerte ou une alarme, en langage militaire, est une sonnerie de quelques notes, reproduisant un certain air.

3. Le drap dont est faite la robe des magistrats est d'une certaine étoffe particulière et déterminée par la tradition.

4. Tous les exemples du présent paragraphe en sont autant de preuves

l'eau que nous buvons : the water of this well; the water that
we drink.

Elle n'est qu'*évidente*, quand on dit : L'eau doit être chaude aujour-
d'hui; the water must be warm to-day, c'est-à-dire « une certaine
eau, celle où l'on songe à se baigner ».

.*.

B. — En anglais l'idée de *détermination* est en conflit permanent,
aux yeux des étrangers, avec celle de *définition*, c'est-à-dire avec l'idée
de spécification *qualificative* et *complétive* quant à la nature des
choses en question.

Quand on dit : « l'eau fraîche », « les chapeaux de paille », « les
hommes de bien », « les gens vicieux », il n'y a pas *détermination*,
puisqu'on ne dit pas qu'il s'agisse « d'une certaine eau fraîche », de
« certains chapeaux de paille », « de certains hommes de bien », de
« certaines personnes vicieuses ». Il y a donc seulement *définition qua-*
lificative et complétive de la nature des choses, c'est-à-dire de la *classe*
ou de la *catégorie* des êtres ou des objets en vue.

Il existe bien, à la vérité, une idée de restriction dans la *notion pre-*
mière des choses, c'est-à-dire dans la notion de « l'eau », des « chapeaux », des « hommes ». Mais cette restriction même crée une *notion*
seconde des choses, un *nouvel ensemble notionnel*, celui de « l'eau
fraîche », celui des « chapeaux de paille », celui des « hommes vertueux »
ou des « gens vicieux ». Or, ce « nouvel ensemble notionnel », une
fois défini et spécifié, reste indéterminé en lui-même, puisque la
pensée s'étend à « n'importe quelle eau fraîche », à « n'importe quels
chapeaux de paille », à « n'importe quels hommes de bien », à « n'importe quels gens vicieux ».

Ex. : L'eau fraîche est la plus saine boisson, Cold water is the
wholesomest drink. Les chapeaux de paille sont préférables en été,
Straw hats are preferable for summer wear. Les hommes de
bien sont souvent les victimes de leur honnêteté. Virtuous men are
often victims to their honesty (c'est-à-dire des victimes vis-à-vis de
leur honnêteté.

.*.

C. — Il va sans dire que la présence d'un adjectif qualificatif
n'empêche pas l'idée de détermination de se marquer par l'emploi de
l'article, si cette idée existe par ailleurs.

3

Ex.: L'eau fraîche que j'ai bue, **The cold water that I have drunk**. Les hommes de bien que j'ai connus, **The virtuous men that I have known**.

Mais ici encore il ne faut pas confondre l'idée de *définition complétive* ou *qualificative* avec l'idée de *détermination*. Une phrase incidente, qui ne fait que *compléter la définition* de la catégorie des êtres ou des objets, ou de la chose en question, *n'est pas déterminative* en anglais.

Ex. : Il n'est pire eau que l'eau qui dort. **Still water is the most dangerous. Still waters run deep.**

Les hommes qui ne réfléchissent pas ne sont pas des hommes, ce sont des choses. **Men who do not think are not men, but things.**

Les enfants qui ne travaillent pas s'en repentiront un jour. **Children that do not work will rue it some day.**

Les animaux qui se repaissent de chair sont impropres à servir de nourriture à l'homme. **Animals that eat flesh are not fit for human food.**

Je n'aime pas les gens dont les actions ne sont pas d'accord avec leurs principes. **I do not like people whose actions are not at one with their principles.**

Plutôt que d'employer ici le démonstratif **the**, encore trop énergique pour figurer dans une phrase où sa présence ne serait pas suffisamment justifiée, les Anglais préféreraient accentuer l'idée de désignation particulière, à l'aide du démonstratif proprement dit **those**, ou de la locution démonstrative **such as : those men that do not think, ou such men as do not think...; those children that... ou such children as...; those people whose deeds are not at one with their principles, ou such people as do not act in accordance with their principles...**

C'est l'idée de « *définition complétive et qualificative* » qui entraîne l'indétermination de certaines expressions complexes, correspondant à un concept unique : **love of country or patriotism; greatness of soul or magnanimity; power of endurance or patience; evenness of temper or equanimity; strengt hof hand, delicacy of taste, vigour of thought, loftiness of mind,** etc.

⁎
⁎ ⁎

D. — Bien que l'indétermination de l'idée de *qualification* et de *définition complétive*, en anglais, ne soit qu'une conséquence du principe d'indétermination qui s'attache à l'idée d'*intégralité notion-*

nelle dans cette langue, cette indétermination n'en constitue pas moins, aux yeux de l'étudiant étranger, une sorte de « sous-caractéristique différentielle de l'usage anglais » ; vice versa, la *détermination apparente* de l'idée de *qualification*, dans les autres langues, peut être considérée, au point de vue anglais, comme une sorte de « sous-caractéristique différentielle de l'usage étranger ».

---

§ III. Détermination implicite, c'est-à-dire par idée de bornes ou de limites logiquement et nécessairement sous-entendues dans la notion des choses.

L'idée de détermination peut exister d'une manière *implicite* dans toutes les langues, si la notion des choses se trouve nécessairement *restreinte* et *particularisée*, en raison des circonstances logiques de la situation donnée ou supposée.

.*.

A. — Il y a *détermination implicite* quand on dit : tomber à l'eau, se jeter à l'eau ; marcher sur le sable ou dans la boue ; se coucher sur le gazon ; mettre quelque chose sur le feu, etc. To fall into the water ; to throw one's self into the water ; to walk on the sand, in the mud ; to lie on the grass ; to put something on the fire, etc.

Il est manifeste qu'on ne peut « tomber » ni « se jeter » dans « l'eau considérée pleinement en elle-même et en général », c'est-à-dire dans « tout ce qui existe en fait d'eau », mais seulement dans une « certaine eau particulière », celle qui se trouve « là », « à proximité », dans une circonstance donnée ou supposée.

Cette idée de *détermination*, par cela même qu'elle est *implicite*, et qu'elle ne dépend que de la situation donnée ou supposée, peut coexister avec la *pleine généralité de la pensée en elle-même*.

C'est pourquoi on dira avec l'article, malgré cette *généralité de la pensée :*

When one bathes, it is generally preferable to throw one's self at once into the water. Quand on se baigne, il est généralement préférable de se jeter tout de suite à l'eau (dans l'eau où l'on veut se baigner).

The weather depends on the wind. Le temps dépend du vent, c'est-à-dire : le temps (qu'il fait à un moment quelconque et dans une région quelconque) dépend du vent (qui souffle à ce moment et dans cette région)[1].

Il y a dans ce cas une sorte de *détermination réciproque*, c'est-à-dire une *corrélation réciproquement déterminative*, entre la notion du « temps » et celle du « vent ».

Mais on dirait : **I do not like to walk out In hot weather**. Je n'aime pas à sortir par un temps chaud, c'est-à-dire « par n'importe quel temps chaud ».

Ici, même l'article indéfini est supprimé, en anglais, par l'indétermination introduite à l'aide de l'adjectif qualificatif.

On dirait de même : **I do not like to bathe in river-water, in shallow water, in deep water, in muddy water**. Je n'aime pas à me baigner dans l'eau douce, dans l'eau peu profonde, dans l'eau profonde, dans l'eau boueuse.

Mais l'article reparaîtrait, malgré l'adjectif qualificatif, si l'idée de détermination existait par ailleurs.

They threw themselves into the deep and dark water. Ils se jetèrent dans l'eau profonde et sombre, c'est-à-dire « dans l'eau qui était là, laquelle était profonde et sombre ».

I do not like to walk when the weather is too hot. Je n'aime pas à me promener quand le temps est trop chaud, c'est-à-dire : quand le temps « qu'il fait » est trop chaud[2].

Ces exemples suffiront pour démontrer que la *détermination implicite* peut résulter des considérations les plus variées, et parfois dépendre d'un simple changement de mots. Ainsi, il y a presque nécessairement idée de *détermination* avec les verbes « *se jeter* », « *tomber* », « *marcher* », « *se coucher* », tandis que cette idée disparaît le plus souvent avec le verbe « *se baigner* ».

Ex. : **To bathe in salt-water, in river-water, in shallow water, in deep water; to bathe in blood**, etc... Se baigner dans l'eau de mer, dans l'eau de rivière, dans de l'eau peu profonde; se baigner dans le sang, etc.

1. Ces exemples se traduiront avec l'article dans toutes les langues, puisque, lorsque l'idée de détermination implicite existe en anglais, c'est-à-dire dans la langue où l'emploi de l'article est le plus restreint, à plus forte raison doit-elle exister dans les autres langues.

2. On dira de même avec l'article : **It is my lot to toil in the hot weather, in the rain and in the cold**. Ici, « l'article fait tableau », il complète la situation en montrant, d'un côté la personne qui travaille et peine, de l'autre, le milieu particulier où elle endure ces épreuves.

Quand on dit : **I do not like to bathe in river-water,** il suffit évidemment de marquer la nature de l'eau, rien de plus. Mais quand on dit : **I do not like to throw myself at once into the water,** pour que le tableau de la situation soit complet, il faut désigner, à l'aide de l'article, « cette eau » qui est là, devant le baigneur, où il hésite à se plonger, et où finalement il n'entre qu'en frissonnant.

Il va sans dire qu'il faudrait également l'article dans un cas de détermination proprement dite : **He bathed in the blood of innocent victims.**

.*.

B. — L'idée de *détermination implicite,* par cela même qu'elle est *implicite,* c'est-à-dire atténuée et obscurcie, peut facilement se confondre, aux yeux des étrangers, avec l'*indétermination* de la notion de pleine et entière généralité.

Ex. : L'eau est mauvaise à Venise (celle qu'on trouve à Venise). **The water is bad in Venice.** — L'eau est un article de commerce à Venise (l'eau en elle-même et dans sa notion d'ensemble, parce qu'on est obligé de la faire venir du continent). **Water is an article of trade in Venice.**

Le vin sera bon cette année (celui de la vendange de la présente année). **The wine will be good this year.** — Le vin sera cher cette année (le vin en lui-même et en général). **Wine will be dear this year.**

Il faut toujours dire la vérité (c'est-à-dire la vérité des choses que nous rapportons, et par suite, une vérité particulière et déterminée, dans chaque circonstance donnée ou supposée). **One must always speak the truth.** — Il faut aimer la vérité et lui être fidèle en toutes circonstances (c'est-à-dire la vérité en elle-même et dans son idéalité notionnelle). **One must love truth and adhere to it under every circumstance.** — La vérité est la fille du temps. **Truth is the daughter of time.**

.*.

C. — Lorsque la distinction entre l'idée de *détermination implicite* et l'idée d'*indétermination* paraîtra trop délicate, il sera toujours prudent de prendre une autre tournure en anglais, de façon à rendre manifeste l'une ou l'autre idée.

Si, par exemple, on veut traduire cette phrase : « Le style, c'est l'homme, » il faut, ou bien y accentuer l'idée de *détermination réciproque*, pour justifier la présence des deux articles définis : **The style of a man, is the man himself** : mais nous voilà bien loin du tour lapidaire que Buffon a donné à sa pensée; ou bien, au contraire, accentuer l'idée de *généralité indéterminée*, en supprimant les deux articles définis, et dire, avec Ben Jonson : **Language best shows a man**, ce qui veut dire en réalité : « C'est la manière de parler qui montre le mieux ce qu'il faut penser d'un homme quelconque. »

Il est vrai qu'on pourrait dire aussi : « **Language shows the man**, » comme on a dit : « **Manners show the man;** » mais c'est là une façon raffinée et académique de parler, qui est à sa place, assurément, sur le frontispice de **New College**, à **Oxford**, mais qui ne convenait point au tour d'esprit du « **stern old master of the manly school of English comedy** ».

Toutes les fois que l'on pourra ainsi remplacer l'article défini par l'article indéfini, cette construction devra être préférée comme plus simple et plus conforme au génie grammatical anglais.

Ex. : L'eau use la pierre. **Water wears a stone**, l'eau use une pierre, c'est-à-dire « une pierre quelconque », comme on en peut ramasser par millions dans le lit des torrents [1].

La buée qui recouvre la prune. **The bloom on a plum**, c'est-à-dire cette poussière virginale qu'on remarque « sur une prune quelconque », lorsqu'elle n'a été déflorée par aucun attouchement.

Quand cette substitution de l'article indéfini, ou d'un autre déterminatif, ne sera pas possible, on pourra recourir, dans les cas mixtes et douteux, au renforcement de l'idée de *détermination*.

Ex. : A ces mots, l'enthousiasme fut à son comble. **At these words, the enthusiasm of the audience (of the hearers, of the beholders) ran at the highest.**

Dans d'autres cas, il faudra complètement transformer la phrase.

Ex. : A cette vue, le rire fut général. **At this sight, there was a general outburst of laughter; the whole company (or assembly) burst out with laughter; there was not a single person in the company that could refrain from laughing.**

---

1. La Bible, qui employait l'article avec plus de facilité que ne le comporte l'usage moderne, a dit : **The waters wear the stones**, faisant ainsi prédominer l'idée de détermination réciproque impliquée par la situation . « Les eaux (qui coulent sur des pierres) finissent par user ces pierres. »

D. — C'est surtout lorsqu'il s'agit de marquer le résultat produit en nous par une *émotion*, un *sentiment* ou une *sensation*, que le conflit s'accentue, en anglais, entre l'idée de *détermination implicite* et *l'idée pure et simple* des choses.

En effet, d'un côté, si quelque effet est produit en nous par « une émotion » ou « une sensation », ce ne peut être manifestement que par « celle que nous éprouvons » ; d'un autre côté, l'évidence même de cette corrélation déterminative est une raison généralement suffisante pour qu'il ne soit pas nécessaire de la marquer expressément à l'aide de l'article.

On peut dire en français avec une nuance très légère de sens : « être accablé de fatigue, de chagrin, de désespoir, » ou : « être accablé par la fatigue, le chagrin, le désespoir. »

Dire qu'on est « *accablé de fatigue* », c'est simplement exprimer « *la nature de l'accablement* » dont on se plaint.

Dire qu'on est « *accablé par la fatigue* », c'est dénoncer « la fatigue » comme la « *cause directe* et le *facteur actif* de cet accablement ».

L'article sert donc ici à *identifier* la notion de la fatigue considérée en elle-même et comme entité morale. On est accablé par cette sensation déprimante et finalement irrésistible : « la fatigue ».

On sait que cette *identification idéale* des choses considérées en elles-mêmes est impossible en anglais. On dira donc : **oppressed with heat, fainting with heat,** « accablé de chaleur, défaillant de chaleur, » pour marquer la sensation en elle-même. Mais on dira : **overcome by the heat,** « vaincu par la chaleur, » pour marquer expressément l'idée de « l'agent extérieur », cause de cette sensation[1].

⁎⁎

E. — Miss Edgeworth, racontant à des enfants la mésaventure d'un écureuil, emporté à travers les airs par un aigle, s'exprime ainsi : **Poor squirrel, half dead with the fright,.....**

L'article, dans cette circonstance, est absolument insolite; c'est pourquoi il équivaut à toute une parenthèse : « Cette frayeur, vous savez, mes enfants, qu'elle provenait de la terrible situation où je viens de vous dire que se trouvait notre pauvre ami l'écureuil. »

Si Miss Edgeworth avait simplement voulu dire — comme elle l'eût

----

1. Par contre, il faudra dire sans article **At these words, joy shone on every face,** à ces mots la joie brilla sur toutes les figures, l'idée de la nature de la chose qui brille sur les visages étant prédominante dans la pensée.

fait en toute autre circonstance — que c'était « la frayeur » qui avait
anéanti les facultés de l'écureuil, elle eût dit comme tout le monde, **half
dead with fright.**

En effet, quand il s'agit d'une *sensation intime*, d'un *sentiment* ou
d'une *émotion*, il est impossible, en thèse générale, de reproduire en
anglais la nuance exprimée en français dans des phrases telles que
« accablé de fatigue, de chagrin, de désespoir », ou « accablé par le
chagrin, la fatigue, le désespoir » ; « des yeux baignés de larmes » ou
« des yeux gonflés par les larmes », « obscurcis par les larmes ; »
**drooping with fatigue, grief, despair; overcome by fatigue,
grief, despair; eyes bathed in tears or swollen with tears,
dim with tears.**

Dans l'un et l'autre cas, c'est l'idée de la notion pure et simple de la
sensation éprouvée qui prédomine en anglais.

Il en est de même quand on dit : « La fatigue m'avait ôté l'appétit ; »
« la peur me donnait des ailes. »

**Fatigue had taken away my appetite; Fear had given me
wings.**

Pour quiconque s'est rendu compte des conceptions intellectuelles
qui ont présidé à l'évolution de l'emploi de l'article dans les différentes langues, il n'est pas douteux que, dans la pensée française, le
concept de « la fatigue » et celui de « la frayeur », ainsi envisagés
comme *facteurs actifs* et *directs* du fait signalé, ne soient considérés
pleinement et complètement en eux-mêmes et dans leur entité propre,
distincte et indépendante.

C'est donc à l'intervention de l'idée d'*intégralité notionnelle* qu'il
faut attribuer ici, d'un côté, l'emploi de l'article en français, de l'autre
côté, sa suppression en anglais [1].

Mais ce serait là, peut-être, une conception des choses difficile à faire
admettre à nos écoliers, et même aux grands élèves de nos lycées.

Je faisais un jour, dans une classe, raconter et commenter par mes
élèves la fable *du rat de ville et du rat des champs*. L'un d'eux voulut
exprimer cette pensée : « la frayeur leur avait ôté l'appétit, » et il se
servit de l'article, comme Miss Edgeworth, devant le mot « fright »,

---

[1]. L'allemand occupe ici une position intermédiaire entre le français et
l'anglais.

Dans un complément, c'est l'idée partitive qui prédomine et l'article se supprime :
von Ermüdung, Kümmer und Verzweiflung überwältigt.

Avec un substantif sujet, par suite de l'importance plus grande de ce rôle, c'est
l'idée d'intégralité qui l'emporte : Ex. : **Die Ermüdung hatte mir den Appetit
genommen. Die Furcht gab mir Flügel.**

sous prétexte que « la frayeur » dont il était ici question était évidemment « celle que les rats éprouvaient ».

Je concédai ce point, en principe, mais je prétendis que, en raison même de l'évidence de la chose, il n'existait dans la pensée du narrateur aucune intention, même inconsciente, de mettre ainsi les points sur les i; en d'autres termes, qu'il n'avait pas songé à dire que c'était « la frayeur éprouvée par les rats » qui leur avait ôté l'appétit, mais simplement que c'était « un sentiment de frayeur » qui était la cause de leur perte subite d'appétit.

Ce fut peine perdue : appuyé par ses camarades (car j'avais fait intervenir toute la classe dans le débat), il persista à affirmer que, dans sa manière de concevoir les choses, c'était « la peur éprouvée par les rats » qui était bien réellement ici en cause.

Comme, en réalité, la situation comportait manifestement cette interprétation, puisque c'était à l'*évidence même* de cette idée de *détermination implicite* que j'attribuais son remplacement par le concept, plus large, de « la peur considérée en elle-même et dans son entité notionnelle », je transformai l'indétermination de la pensée anglaise, dans cette circonstance, en une particularité caractéristique de l'usage.

On peut dire, en effet, que, aux yeux de l'écolier français, allemand, ou d'une nationalité quelconque, la *suppression de l'article,* en anglais, lorsqu'il s'agit d'une émotion, d'une sensation ou d'un sentiment, envisagés comme la cause directe et le facteur actif d'un fait quelconque, constitue une sorte de *sous-caractéristique différentielle* de l'usage anglais.

----

§ IV. Détermination par idée de bornes ou de limites localisatrices, c'est-à-dire par idée de localisation implicite et spontanée.

I. Détermination implicite et spontanée de tout ce qui figure dans la pensée comme faisant partie du cadre familier de l'existence humaine.

C'est à une idée de « localisation logique » qu'il faudrait attribuer, en dernière analyse, la plupart des cas de *détermination implicite* signalés dans le précédent paragraphe, par exemple : « Se jeter ou tomber à l'eau, marcher sur le sable, se coucher sur le gazon, mettre quelque chose sur le feu, etc. »

Mais l'idée pure et simple de *localisation implicite* et *spontanée* suffit pour entraîner l'emploi de l'article, puisque nous avons vu que c'est dans cette idée de *localisation* qu'il faut chercher le point de départ et la base même de l'emploi de l'article.

C'est ainsi que, d'un simple geste dirigé vers le ciel, on peut justifier l'emploi de l'article dans la désignation des « étoiles », qui sont *indéterminées en elles-mêmes,* puisque leur nombre se perd dans les profondeurs de l'infini, mais qui sont *déterminées pour nous,* comme étant *localisées à nos yeux,* au-dessus de nos têtes.

Dans certains dialectes français on se sert encore d'un démonstratif proprement dit pour désigner les objets de notre entourage familier.

En *Picardie,* on dit : « Mon père est dans ch' gardin, dans cht' église, dans chez camps », « c'est-à-dire dans ce jardin, dans cette église, dans ces champs. »

En *Saintonge,* on dit : « Mein peire o l'est dans tieu hhardin, dans tielle église, dans tieux hhamps. »

Ces exemples, en nous faisant saisir sur le vif le procédé d'évolution du démonstratif qui nous a donné l'article, sont en même temps la preuve qu'il suffit de la moindre idée de *localisation implicite* et *spontanée* pour en justifier l'emploi, avec un rôle *purement démonstratif,* alors même que la pensée, en elle-même, aurait une portée tout à fait *générale* et *indéterminée.*

C'est ce qui arrive, en premier lieu, lorsqu'il s'agit de désigner *tout ce que nous pouvons montrer ou signaler autour de nous, au-dessus de notre tête ou sous nos pas,* c'est-à-dire tout ce qui peut être considéré comme se trouvant à la portée familière de notre vue ou d'un geste de notre part, à savoir : le *soleil, la lune, ce globe, cette terre* (qui sont d'ailleurs des objets entiers et complets, distincts et individuels, et par suite, déterminés en eux-mêmes); *le ciel, le firmament, les étoiles, l'univers, l'air, l'atmosphère* (qui sont indéterminés en eux-mêmes, mais qui s'étendent au-dessus de nous ou qui nous entourent); *le sol* (que foulent nos pas); *la mer, l'océan* (que nous savons exister autour de nos continents habités); et jusqu'aux *antipodes* (que nous pouvons indiquer d'un coup de notre talon de botte).

C'est également l'idée de *localisation implicite* et *spontanée* qui fait employer l'article en anglais, même *en parlant en général,* dans la *description des scènes famières de la nature : les bois, les champs, les prairies* (que nous aimons à parcourir) ; *les rues, les magasins* (que nous fréquentons sans cesse) ; *la campagne* (qui est à nos portes); et, par extension, *les mers, les fleuves, les rivières* et *les chaînes de montagnes* (qui diversifient la surface de notre globe).

I am fond of walking in the woods, in the fields, in the meadows, in the streets.... of looking at the windows of the shops and at the passers-by.

In spring, the woods grow green again, the meadows are sprinkled with daisies, the birds sing in the branches of the trees, the swallows reappear.

On dit : Deer live in the green woods and dark forests, parce que, voulant indiquer les lieux où peuvent se rencontrer les troupeaux de cerfs, la pensée se porte spontanément sur les bois et les forêts que nous savons exister sur le territoire, et où il y a de ces animaux.

Mais on dirait : Deer are fond of thick woods and dark forests, parce qu'il s'agit surtout de marquer la nature des endroits préférés par les cerfs, c'est-à-dire parce qu'il s'agit de « n'importe quels bois épais » et de « n'importe quelles sombres forêts ».

II. DÉTERMINATION IMPLICITE ET SPONTANÉE DE TOUT CE QUI CONSTITUE L'ÊTRE PHYSIQUE ET INTELLECTUEL.

C'est encore l'idée de *localisation implicite et spontanée* qui fait désigner avec l'article, en anglais comme dans toutes les autres langues, même *en parlant en général,* tout ce que nous pouvons montrer ou signaler en nous-mêmes, c'est-à-dire *tout ce qui constitue l'être physique* et *intellectuel.*

Quoi de plus « déterminé pour nous » que nous-même ? Quoi de plus facile à *montrer* ou à *indiquer* que *le corps, ses membres* et *ses organes?* Et notre *âme,* c'est-à-dire la partie pensante de nous-même, n'est-elle pas encore plus véritablement « nous » que ne l'est ce corps matériel, inconscient du fonctionnement de ses propres organes ?

On peut concéder que cette idée spontanément démonstrative ait fini par engendrer une espèce d'*identification notionnelle,* et, par suite, une sorte de *détermination idéale* de ces différentes parties de l'*être physique* ou *intellectuel,* directement considérées en elles mêmes.

Il est certain que si un Anglais dit : the soul, the body, c'est parce que l'âme et le corps sont devenus pour lui quelque chose de déterminé en soi. Mais ce fait n'est qu'un *résultat,* et c'est précisément de

ce résultat qu'il faut chercher la *cause*. Elle se trouve manifestement
dans l'idée inconsciente de *localisation implicite* et *spontanée*, qui est
inséparable de tout ce qui peut être considéré comme formant *partie
constitutive et intégrante* de nous-même, le *corps* et ses *parties*, l'*âme*
et ses *synonymes*, voire même les *facultés maîtresses* de l'âme, et
jusqu'aux *sens;* **fancy** ou **the fancy, imagination** ou **the imagination, memory** ou **the memory, sight** ou **the sight, taste** ou
the taste, touch ou **the touch.**

Sans article, ces mots n'indiquent que de *simples capacités* ou *aptitudes naturelles* [1]. Avec l'article, ils transforment ces capacités ou
facultés en *parties essentielles* et *constitutives* de l'individu.

Il n'est pas jusqu'aux mots **reason** et **conscience** qui ne puissent
être ainsi employés avec l'article, du moins dans le langage philosophique, transformant ainsi la « raison » et la « conscience » en véritables *entités morales, distinctes et indépendantes*, alors que, dans le
langage courant, elles n'apparaissent que comme de *simples qualités
naturelles*.

III. DÉTERMINATION IMPLICITE ET SPONTANÉE DE CERTAINS NOMS DE MALADIES
   PLUS OU MOINS ENVISAGÉES COMME INSÉPARABLES DE LA CONDITION
   MORTELLE, ET, PAR SUITE, ASSIMILÉES AUX PARTIES CONSTITUANTES DE
   L'ÊTRE PHYSIQUE.

A. — Si l'on ouvre un manuel de conversation, et qu'on y lise une
liste de *noms de maladies*, on remarquera que certains d'entre eux
sont précédés de l'article, tandis que les autres ne le sont pas.

Quand on cherche à dégager la caractéristique distinctive de ces
deux catégories, on s'aperçoit que les noms de la première sont à peu
près tous ceux qui comportent en français l'emploi de la locution
« *avoir le, la, les* », et que ces mêmes noms la comportent également
pour la plupart en anglais.

D'un autre côté, si l'on ouvre un livre de médecine, on retrouve tous
ces *noms de maladies* également employés avec l'article après la même
locution, ou la locution tout aussi familière « *attraper le, la, les* »,
mais à peu près invariablement employés sans article dans tous les
autres cas.

---

1. Les mots **body, soul, mind, spirit,** etc., restent également **sans** article
lorsqu'ils ne désignent que des attributs ou de simples éléments de définition
qualificative. Ex. : **Man is body and soul, spirit and matter.**

Ainsi, l'emploi de l'article n'est jamais obligatoire en anglais devant les noms de maladies, sauf après les verbes to have et to catch.

C'est donc uniquement au caractère particulièrement « *familier* » de la situation à laquelle répondent ces locutions, qu'est dû cet emploi obligatoire de l'article devant certains *noms de maladies*.

En d'autres termes, c'est parce que ces maladies ont apparu comme plus ou moins *inséparables de la destinée humaine,* qu'elles sont désignées à l'aide de l'article en anglais, au même titre que tout ce qui rentre plus ou moins dans *le cadre familier de notre existence,* notamment les *parties du corps.*

Par conséquent, c'est à l'idée de *localisation implicite* et *spontanée* qu'il faut rattacher ici l'existence du sens déterminé ou démonstratif en anglais.

Ce n'est pas à dire pour cela que les Anglais aient conscience de cette idée de *localisation,* et qu'ils soient actuellement guidés par elle dans leur phraséologie, pas plus quand il s'agit de *maladies* que lorsqu'il s'agit des *parties du corps.* Ce qui les guide, c'est uniquement l'habitude acquise; mais cette habitude elle-même n'a été prise qu'en raison d'un sentiment instinctif de la situation.

Qu'on demande à un Anglais pourquoi, par exemple, il dit avec l'article : My father has got the gout, il répondra d'abord que c'est parce que l'article répond spontanément à sa pensée. Mais si vous l'obligez à se rendre compte de son impression intime, il ajoutera sûrement : « c'est parce qu'il s'agit de cette maladie cruelle et tenace qui s'est emparée de mon père à telle ou telle époque, qui ne veut pas le lâcher depuis, et qui revient plus ou moins périodiquement le faire souffrir, etc. »

Demandez à ce même Anglais ce que c'est que la goutte. Vous devrez lui dire : What is gout? Et il vous répondra, surtout s'il a quelque teinture de médecine : Gout is a painful swelling of the joints.

D'un autre côté, ouvrez un dictionnaire et cherchez les définitions de certains adjectifs ou d'autres mots relatifs aux maladies, vous y trouverez le plus souvent l'article employé comme en français avec les noms des *maladies les plus courantes,* celles du moins dont les noms sont *complètement anglais* ou *nettement anglicisés.*

Ex. : Gouty: affected, troubled with the gout, pertaining to the gout, suffering from the gout (Jonxsox's *Dictionary*). — Colchicum: a plant from the bulbs of which a medecine is prepared which is used as a remedy for the gout (*ibid.*). —

Jaundiced : affected with the jaundice *(ibid.).* — **Dropsied : diseased with dropsy, inclined to the dropsy** (Webster's *Dictionary*). — **Dropsical : resembling or pertaining to the dropsy** *(ibid.).* — **Crampy : diseased with cramp, productive of cramp** *(ibid.).* — **Cramp-bone : so called from being formerly used as a charm against the cramp** *(ibid.).* — **Scurvy-grass : so called from having been used as a remedy for the scurvy** *(ibid.).* — **Itchy, scabby, mangy; infected with the itch, with the mange, diseased with the scab or mange** *(ibid.).*

Dans toutes ces expressions l'idée « qu'il existe quelqu'un ayant la maladie en question », s'éveille plus ou moins spontanément. Si un remède est « bon pour la goutte », par exemple, il est évident qu'on entend dire par là que c'est un remède efficace pour quelqu'un « ayant la goutte » (c'est-à-dire en qui cette maladie existe et se trouve en quelque sorte *localisée*).

Même quand on dit : **the itch, the mange, the scab, the glanders, were formerly looked upon as nearly incurable diseases; now they are easily cured,** il est évident que, pour pouvoir parler de guérir ces maladies, il faut qu'elles existent « chez quelqu'un », c'est-à-dire qu'elles y soient « *localisées* ».

C'est ainsi que les noms *des maladies les plus familières et les plus reconnaissables* ont été pratiquement assimilés à ceux qui désignent les parties constitutives de l'individu physique, c'est-à-dire envisagés comme spontanément déterminés dans les circonstances courantes du discours.

Même le mot health semble avoir été assimilé à une partie de nous-même dans les expressions familières **good for the health, bad for the health**

La santé, en effet, n'est-elle pas comme une partie de nous-même, et, à ce titre, l'objet incessant de nos préoccupations, jusque dans nos formules banales de politesse? « *Comment vous portez-vous?* **How do you do? — Wie geht's? — Salve — Vale — Cicero Attico suo salutem**[1]. »

Mais pour peu que l'on s'écarte du langage familier, le mot health

---

1. On verra (Appendice III) que le mot **life** peut quelquefois être assimilé figurativement à une partie constituante de l'être organisé, au même titre que son sang et sa chair. Ex. : **The blood is the life** (BIBLE).

Même le mot **death** a été sur le point d'être assimilé à ceux qui désignent les éléments constituants de la destinée humaine, dont la mort est le point d'aboutissement inéluctable et fatal, et qu'on appelle, pour cette raison, la « destinée mortelle » — Que sommes-nous, sinon « des mortels »?

retombe dans la règle générale : favourable to health ; prejudicial to health.

Il en est de même de tous les noms de *maladies* qui ne répondent pas aux conditions énumérées ci-dessus, à savoir ceux qui ne comportent pas les locutions « *avoir* ou *attraper le, la, les* », notamment ceux qui ont conservé *une physionomie étrangère ou scientifique*, comme phthisis, asthma, bronchitis, lupus, cancer, etc.; et ceux qui ont par eux-mêmes une *signification abstraite*, tels que decline, consumption, la consomption pulmonaire.

Même le mot rheumatism, bien que cousin germain de gout, reste ordinairement indéterminé en anglais, sans doute parce que c'est un mot savant et d'une adoption plus récente dans la langue, tandis que la « goutte » est une vieille connaissance des Anglais, à qui elle semblait autrefois conférer une sorte de brevet d'aristocratie (gentility).

On ne peut pas traduire littéralement en anglais : « avoir des rhumatismes, » il faut avoir recours à une autre tournure : to suffer from rheumatism; to be troubled with rheumatic pains, with a fit of rheumatism [1].

C'est à des circonlocutions du même genre qu'il faut avoir recours dans d'autres cas : to be diseased with, afflicted with, affected with, infected with, etc.

On ne peut pas dire en anglais : « avoir la fièvre, la gangrène, le spleen, le mal de mer » ; ni « avoir une maladie de poitrine » ; ni « être poitrinaire » ; ni « mourir de la poitrine ou de la fièvre ». Il faut dire : to suffer from fever, from an ague, ou, à la rigueur, to have a fever, an ague; to be sea-sick, ou to suffer from sea-sickness; to be infected with gangrene; to be consumptive, in a decline, in a state of decline; to die of a decline, of a consumption, of fever, of an ague, etc.

Ce n'est guère que dans les grammaires anglo-françaises que l'on trouve l'expression « to have the spleen ». Pour traduire la phrase française « avoir le spleen », on dirait en anglais : to be dejected, to suffer from dejection, from a depression of spirits, from low spirits; to be low-spirited, to feel dull, etc.

---

1. Une grammaire anglaise toute récente (Sweet's) enseigne qu'on peut dire : to have the rheumatism. Cela semblerait indiquer que cette maladie est devenue de plus en plus familière en Angleterre D'ailleurs les gens du peuple disaient depuis longtemps déjà : to have the rheumatics. Somme toute, cette nouvelle conquête de l'article prouve que c'est bien une idée de *localisation implicite et familière* qui a fini par entraîner son emploi avec les noms de maladies.

Le mot spleen, avec l'article, ne sert plus de nos jours qu'à désigner l'organe appelé aussi the milt, la rate.

Il n'en était pas de même au xviii° siècle, où l'on disait : In the spleen (Swift), to divert the spleen (Spectator, n° 336), to be cured of the spleen *(ibid.)*, comme l'on disait alors, en parlant de la même maladie : to have the vapours, to cure folks of the vapours *(ibid.)*.

Ex.: The lamented Smelfungus¹ set out with the spleen and jaundice (Sterne, *Sentimental Journey*).

Le mot spleen étant alors couramment usité pour désigner une maladie familière et à la mode, analogue à. ce que nous appelons aujourd'hui « neurasthénie », la présence de l'article s'explique dans les exemples ci-dessus par les expressions : In, signifiant being in ; to divert ; to be cured of ; with, signifiant being with ; ces expressions impliquant l'idée de *détermination localisatrice*.

Mais quand il ne s'agissait que de désigner la maladie en elle-même et dans son essence, cette idée de localisation familière venant alors à passer au second plan, l'article cessait d'apparaître comme nécessaire, aussi bien devant le mot vapours que devant spleen.

Ex. : Vapours are terrible things (Spectator, n° 336).

Il en était de même lorsque le mot spleen était employé avec le sens de « mauvaise humeur malveillante ».

Ex. : Spleenish, displaying spleen ; splenetic, affected with spleen (Johnson's *Dictionary*).

Macaulay nous apprend que la fièvre intermittente était endémique à Londres au temps de Charles II, par suite des marécages qui entouraient la ville, et du drainage insuffisant des rues. C'est pourquoi le mot ague recevait alors couramment l'article. Il n'en est plus de même de nos jours, depuis que les marais ont disparu de la banlieue Londonienne et qu'un admirable système d'égouts a assaini la Métropole.

Le mot scurvy prenait également l'article autrefois, dans la plupart des circonstances, comme constituant une maladie des plus familièrement éprouvées à l'époque de la navigation à voiles. La vapeur, en rendant la maladie de plus en plus rare, a rendu également de moins en moins familier l'emploi de l'article pour la désigner.

---

1. Sorte d'anagramme du nom de Smollet, inventé par Sterne, au grand ennui du premier.

B. — Il va sans dire que dans un cas de *détermination formelle* ou *manifeste*, un nom quelconque de maladie peut recevoir l'article comme tous les autres noms abstraits.

C'est pourquoi, dans les journaux, on trouvera les mots **cholera**, **influenza**, par exemple, tantôt avec l'article, quand on aura en vue de marquer le développement ou la marche d'une épidémie déjà signalée, tantôt sans article, s'il s'agit de marquer l'apparition ou les effets de la maladie épidémique considérée en elle-même.

Il n'y a guère que le mot **plague** qui prenne l'article à peu près dans toutes les circonstances où le mot « peste » le reçoit en français.

En effet, avec l'article indéfini, le mot **plague** signifie « un fléau quelconque » [1]; avec l'article défini, c'est « le fléau par excellence », « ce mal qui répand la terreur », et qui n'est que trop connu dans les annales de l'humanité: « *la peste*, puisqu'il faut l'appeler par son nom » : **the plague**.

En résumé, *les noms de maladies*, bien que nécessitant une étude spéciale de la part des étrangers, peuvent néanmoins être ramenés aux principes généraux de l'idée de détermination et d'indétermination en anglais.

C'est ainsi que, grâce à l'idée de *localisation implicite* et *spontanée*, une fois reconnue comme l'une des nuances rationnelles de la *détermination grammaticale*, on trouve la justification de la présence de l'article dans bien des cas, autrement inexplicables, et qu'on échappe à la nécessité de classer au nombre des exceptions une masse d'exemples qui constituent, au contraire, la partie la plus familière de la phraséologie courante, aussi bien en anglais que dans les autres langues.

---

§ V. Détermination par idée de bornes ou de limites démarcatives, c'est-à-dire par idée de classification subdivisionnaire.

I. Indétermination des grands collectifs généraux. Détermination des collectifs subdivisionnaires.

Depuis le grammairien Siret, on enseigne en France une règle des *collectifs* qui pèche par sa base même, c'est-à-dire par la définition de ce qu'il faut entendre par un « collectif » en anglais.

[1] On dit familièrement **What a plague you are**, quelle peste vous êtes !

Cette règle est ordinairement formulée de la manière suivante :

« Tout mot pris dans un sens *collectif*, c'est-à-dire embrassant d'une manière bien marquée *toute une classe, toute une catégorie, toute une espèce* d'êtres ou d'objets, est précédé de l'article en anglais ¹. »

C'est presque l'inverse qui est la vérité, puisque l'on dit :

Men are mortal. — Christians are those that believe in Christ. — Animals and vegetables are organized beings that live, breathe, grow and die. — Minerals neither grow, nor live, nor die.

Que penser d'ailleurs d'une règle qui range, par exemple, *l'âne*, ou *les aveugles* et *les boiteux*, parmi les *collectifs*, et qui en exclut *les ânes, les estropiés* et *les mendiants?*

Ex. : **The ass is patient. — Asses are patient. — The blind and the lame are to be pitied, so are cripples; but beggars do not always deserve our pity.**

En réalité, ni *l'âne*, ni *les ânes*, ne sont des *collectifs*, pas plus que *les aveugles*, ou les *estropiés*, attendu qu'il est impossible de découvrir ici la moindre idée de *rôle collectif* ou *d'ensemble*, c'est-à-dire de *fonction commune, conjointe* et *cohérente.*

Quant aux *véritables collectifs*, c'est-à-dire ceux qui impliquent une idée *d'identification d'ensemble, de figuration commune, conjointe et cohérente* sur la scène du monde, il faut d'abord distinguer *les grands collectifs généraux* tels que **man, men, mankind, society, posterity, animals, vegetables, plants, minerals, birds, insects, fishes, reptiles,** etc., qui restent sans article, par suite de la prédominance de l'idée du *nombre indéterminé.*

Ex. : **Animals differ from plants in the following points : animals use up the oxygen of the air and give out carbonic acid in the process of respiration; plants use up carbonic acid and give out oxygen in the process of nutrition** (WEBSTER's *Dictionary*). — **Some plants seem to have locomotive powers, something like that of animals** (*ibid.*). — **The nutriment of a plant is not received into the stomach like that of animals** (*ibid.*). — **The proper study of mankind is man** (POPE).

Il n'y a que les *subdivisions* de ces grands collectifs généraux qui peuvent recevoir l'article, à cause de l'idée de *bornes* ou de *limites démarcatives et distinctives* qui s'ajoute alors à celle *d'identification d'ensemble;* mais cet emploi de l'article, même lorsqu'il s'agit de

---

1. *Grammaire anglaise* de SIRET, revue par ELWALL.

collectivités subdivisionnaires, dépend de diverses circonstances qu'il faut étudier séparément.

A. — *Collectifs subdivisionnaires au singulier.* — Tous les mots composés de **kind, dom, ism** et **ity**, restent sans article, à cause de l'indétermination prédominante de l'idée abstraite que ces désinences impliquent. Tels sont, outre **man, mankind, society** et **posterity**, déjà signalés, les mots : **christendom, christianity, christianism, protestantism, mahometanism, popedom, boredom** (le monde où l'on s'ennuie), **wheeldom** (le monde cycliste), **womankind, catkind**, etc.

Au contraire, les mots suivants prennent l'article, comme désignant certaines grandes *subdivisions de la société*, constamment en présence les unes des autres dans le cours normal des choses.

The public, the mob, the crowd, the populace, the million (la masse), **the army, the navy, the magistracy** (la classe des magistrats), **the aristocracy** (la classe aristocratique), **the nobility** (la classe nobiliaire), **the democracy** (la classe ouvrière).

Il va sans dire que l'article disparaîtrait, si les expressions ci-dessus désignaient, non une *classe*, mais une *idée abstraite*, telle qu'une *fonction* (**magistracy**), un système d'organisation sociale (**aristocracy, democracy**), ou la qualité d'être noble ou titré (**nobility**).

Les mots **parliament** et **congress**, sont parfois employés comme des espèces de *noms propres*, c'est-à-dire sans article.

Ex. : **When Parliament ou the Parliament assembles... — Yesterday, in Parliament, in Congress, a motion was passed to the effect of...**

On trouve parfois le mot **government** employé de la même façon.

B. — *Collectifs subdivisionnaires au pluriel. Noms de peuples, de sectes religieuses ou autres, de partis politiques, de professions, de classes ou de catégories.* — Ces collectifs ne prennent pas l'article si la pensée peut s'appliquer à « *l'un quelconque* des individus en question, *considérés séparément et chacun en particulier* ».

Ex. : **Italians are lively, but irritable. Christians are those who believe in Christ. Poets are not often exact in their descriptions.**

Il y a emploi de l'article, au contraire, si la pensée se porte manifestement sur « *l'ensemble global* du collectif subdivisionnaire » de façon à impliquer l'idée d'une certaine *opposition* ou d'un certain *contraste* avec les autres subdivisions d'une même totalité générale, et, par suite, celle de « *frontières respectivement délimitatives et réciproquement déterminatives* ».

Ex. : **The christians have borrowed some of their religious ceremonies from the pagans. The Italians are in many things the true heirs of their Roman ancestors. The poets have but little regard for the historians. The deeds of Achilles are celebrated in the works of the poets. The stoïcians had a code of morals which seems to have been almost literally copied by the christians.**

Ainsi opposées les unes aux autres dans leur idée d'ensemble, les diverses *subdivisions* de l'*humanité* ou de la *Société* prennent corps, s'identifient, deviennent des entités distinctes et indépendantes, de véritables personnalités collectives, dont chacune a sa place marquée sur la scène historique, ou dans nos préoccupations de tous les jours ; de là, l'idée de *détermination à la fois délimitative et localisatrice* qui s'y attache.

C. — *Collectifs en nombre déterminé.* Tout *collectif* constitué par un *nombre délimité* ou *délimitable* d'êtres ou d'objets, n'est pas simplement un *collectif*, mais une *pluralité définie* et *déterminée* en elle-même.

C'est pourquoi on dit : **the seasons** (au nombre de quatre); **the arts** (également au nombre de quatre)[1]; **the sciences** (en nombre plus ou moins grand, mais néanmoins limité et délimitable)[2].

---

[1]. La peinture, la sculpture, l'architecture et la musique. De là, le bal annuel des « quat-z-arts »

[2] Il suffit que l'on puisse tenter de faire l'énumération des diverses sciences pour que l'idée de bornes ou de limites, par rapport au nombre, s'éveille dans l'esprit.

II. L'IDÉE DE DÉMARCATION SUBDIVISIONNAIRE ET LES NOMS DES SAISONS ET DES PARTIES DU JOUR.

A. – C'est uniquement à l'idée de *démarcation subdivisionnaire* que l'on peut rapporter l'emploi de l'article, jusqu'ici inexpliqué, devant les *noms des saisons* et devant ceux des *parties du jour*, dans certaines circonstances du discours.

Employés sans article, les *noms des saisons* sont de simples « dénominations », des espèces de noms propres :

Ex. : The four seasons are : Spring, Summer, Autumn and Winter. Spring usually begins on the 21st of March and ends on the 22nd of June.

L'absence d'article permet, en outre, aux noms des saisons de prendre un sens abstrait, pour marquer l'idée de la saison considérée au point de vue de *l'état du ciel* ou de *l'atmosphère* qu'elle implique :

Ex. : Spring is the sweetest time of the year. My health generally improves in Spring.

Il en est de même des noms des parties du jour :

Ex : Morning is the best time for study. — When dawn appears, the birds begin to chirp and warble.

Il faut donc dire : Night was coming on, la nuit approchait; Night had just closed in, il faisait nuit close.

L'idée qui prédomine ici est celle de l'état du ciel ou de l'atmosphère.

Mais il faut employer l'article, si l'on veut marquer la *répartition de la durée*, ou *préciser l'époque d'un fait*, parce qu'alors l'idée de *démarcation subdivisionnaire* prédomine logiquement dans la pensée.

Ex. : My health improves with the Spring. I generally spend the Spring abroad, or in the country. A true sportsman rises with the dawn.

B. — C'est une distinction analogue, en français aussi bien qu'en anglais, qui fait dire : In Summer, en été, c'est-à-dire à un moment quelconque de l'été, et during the Summer, pendant l'été, c'est-à-dire pendant la durée de l'été entier.

C'est en raison de cette idée de *démarcation précise,* indiquée par l'article, que son emploi devient nécessaire devant les noms morning et afternoon, pour marquer l'heure :

Ex. : At five o'clock in the morning, or in the afternoon.

C'est chacune des deux moitiés du jour, dans sa *durée précise* et *bien délimitée,* qui est divisée en douze heures : de là l'idée de *démarcation subdivisionnaire,* mise en relief par l'article.

III. NUANCES DIVERSES DE L'IDÉE DE DÉMARCATION SUBDIVISIONNAIRE.

Rien que l'annonce d'une *classification subdivisionnaire* suffit pour amener l'article anglais.

Ex. : Headache is of two sorts : the bilious or sick headache, and the nervous headache.

Sans cette idée de *subdivision* du mal de tête en deux espèces différentes, chaque espèce, en elle-même, resterait indéterminée :

Ex. : Bilious or sick-headache arises from the bad state of the stomach.

Il suffit même que l'idée de *classification subdivisionnaire* s'éveille implicitement, pour que l'article puisse être employé devant un nom de *classe,* de *genre* ou d'*espèce.*

Ex. : We call grasses endogenous plants having simple leaves and the seed single (idée de la dénomination simple). The grasses form a numerous family of plants (WEBSTER) (prédominance de l'idée de *subdivision* de la classe des plantes en diverses familles distinctes et particulières).

The word « accipiter » designates an order of rapacious birds. The accipiters have a hooked bill and sharp talons. There are three families of them, represented by the vultures, the falcons or hawks, and the owls (WEBSTER).

The jackdaw is a bird allied to the crows. (*Ib.*).

Dans tous ces exemples, il y a prédominance de l'idée de *subdivision* de la classe des oiseaux en ordres variés, en familles diverses.

On trouve dans les journaux des annonces telles que celle-ci : Books for the children.

Bien qu'il s'agisse de livres écrits for children, « pour des enfants, » l'idée qui prédomine dans la pensée d'un libraire, « c'est cette « clientèle à part » que constituent pour lui les enfants. Les enfants deviennent donc, à ses yeux, toute une classe de la société, c'est-à-dire une des *collectivités subdivisionnaires* de la population.

Même l'ensemble *général* des animaux peut s'identifier *subdivisionnairement* par rapport à l'homme, si on les fait figurer dans la pensée comme constituant avec lui les deux grandes fractions de la création animée considérée dans son entier.

Ex. : **In the beginning God created man and the animals. What chiefly distinguishes man from the animals is the power of speech.**

⁂

Ainsi, grâce à l'idée de *démarcation subdivisionnaire*, considérée comme une des *nuances normales* de la *détermination grammaticale*, on évite une fois de plus la nécessité de transformer en exceptions tout un groupe de cas, des plus familiers dans l'usage anglais.

Finalement, en ramenant, en anglais, l'interprétation de l'idée de *détermination* à l'entière signification que ce mot comporte *étymologiquement* et *logiquement*, la plupart des exceptions disparaissent, les contradictions apparentes s'évanouissent, tout se régularise et s'harmonise dans une parfaite cohésion de principes et une stricte fidélité aux lois primordiales de l'emploi de l'article.

Chapitre III

De l'indétermination en anglais.

§ I. L'idée d'indétermination et les substantifs concrets.

La langue anglaise ayant rejeté cette nuance idéale de la détermination qui s'attache dans toutes les autres langues, pourvues d'un article défini, à l'idée d'*intégralité notionnelle*, il en résulte que l'état d'*indétermination* est *l'état naturel et normal* d'un substantif quelconque, en dehors des divers cas de détermination que comporte l'interprétation étymologique de ce mot.

On peut dire, à ce point de vue, que l'omission de l'article en anglais n'a pas besoin d'être indiquée par des règles spéciales, ni justifiée par aucun commentaire grammatical. Il suffit qu'il n'existe aucune contre-indication déterminative.

Seuls, les substantifs *concrets* au *singulier*, c'est-à-dire ceux qui désignent un être ou un objet *distinct, entier, complet* et *individuel* en lui-même, semblent faire exception à la loi générale, bien que s'y conformant en réalité, puisqu'ils sont inséparables de l'idée de *bornes* ou de *limites* dans la notion des choses, considérées en elles-mêmes.

Ex. : **The lion is the king of animals. Butter is sold by the pound.**

On sait que si l'idée d'unité simple est admissible dans la pensée, elle prédomine dans la conception anglaise et entraîne l'emploi de l'article indéfini **a, an.**

A grown-up lion will measure from seven to eight feet.

Butter is sold so much a pound.

Un substantif concret sans article, au singulier, n'est guère qu'un simple vocable, ne servant qu'à marquer l'appellation, la dénomination, ou la qualification.

The substantive « lion » — the word « lion » — a horse-shoe
— a horse-hair.

Si l'article se supprime après la préposition *per*, c'est sans doute
parce que ce mot a été emprunté directement au latin.

Butter is sold so much per pound, per hundred-weight,
per hundred kilos.

On ne peut pas regarder comme de véritables cas d'indétermination
ceux où la suppression de l'article, soit défini, soit indéfini, n'est qu'un
moyen poétique ou oratoire de donner plus de vivacité à l'expression.

C'est ce qui arrive surtout dans les *énumérations*, ou, simplement,
lorsqu'il s'agit de faire ressortir une idée d'*opposition* ou de *contraste*.

. . . . Where small and great
Draw to one point and to one centre bring
Beast, man or angel, servant, lord or king (POPE, *Essay on
Man*, IV, 48).

Bliss is the same in subject or in king (*ibid.*, 58).

Fire answers fire..... Steed threatens steed (SHAKESPEARE).

Hill and valley rings (MILTON).

Never master had page so kind (SHAKS).

Was ever passion crossed like mine (ADDISON).

When did knight of Provence avoid his foe ? (BULWER).

O dome displeasing to British eye ! (BYRON).

With sword drawn and cocked trigger (BYRON).

He searched, they searched and rummaged every where,
Closet, and clothes-press, chest and window-seat (BYRON,
Don Juan, I, 143).

---

§ II. L'idée d'indétermination et les substantifs abstraits
ou pris abstractivement [1].

Les *idées abstraites*, ne représentant que les qualités et les attributs
des choses et non des êtres ou des objets véritables, ou ne désignant
que de simples conceptions d'esprit, dont l'existence est purement

---

1. Un substantif quelconque, même concret, peut être pris dans un sens abstrait,
c'est-à-dire comme n'indiquant plus que l'idée de qualité, de nature ou d'attribut.
Ex. : L'homme est corps et âme, esprit et matière. **Man is body and soul, spirit
and matter.**

idéale et spéculative, excluent naturellement en elles-mêmes cette idée de *bornes* ou de *limites*, dans la notion des choses, qui est la condition essentielle de l'idée de détermination en anglais.

Ex. : Health is wealth and knowledge is power.

Life is but an empty dream (Longfellow).

Love is but folly and trouble (Shakespeare).

D'après Maetzner, cependant, la langue anglaise n'aurait pas toujours été aussi complètement rebelle à cette conception d'esprit qui, dans toutes les langues, a fini par transformer les *idées abstraites* en entités morales suffisamment distinctes, et, en quelque sorte, suffisamment personnifiées dans leur *ensemble notionnel*, pour apparaître à l'esprit comme quelque chose de *déterminé en soi*.

Après avoir établi, en principe, que les *idées abstraites* étaient restées indéterminées en anglo-saxon, Maetzner ajoute que, néanmoins, l'article s'y rencontre parfois employé pour marquer la « personnification » d'une idée de cette nature [1].

Or, par « personnification » Maetzner ne veut manifestement pas désigner ici ce que l'on entend généralement par ce mot, c'est-à-dire une véritable transformation de l'idée abstraite en « personnage allégorique », mais uniquement sa « *personnification notionnelle* », c'est-à-dire la simple *identification* de sa notion pleinement et complètement générale, ou intégrale.

C'est donc, en réalité, l'idée d'*intégralité notionnelle*, qui s'essayait à naître, dans la conception anglo-saxonne, mais timide et rare encore, comme, d'ailleurs, dans toutes les langues, au début de ce prodigieux phénomène d'idéalisation qui a si étrangement étendu le rôle de l'article.

Ce n'est pas tout d'un coup, en effet, qu'il s'est produit dans les diverses langues, mais peu à peu et insensiblement. Par conséquent, les idées abstraites n'y ont d'abord été désignées démonstrativement, à l'aide de l'article, que dans les cas exceptionnels où la pensée se précisait, se condensait, se rassemblait, d'une manière tout à fait particulière.

Dans les cas ordinaires, lorsque les concepts abstraits ne figuraient dans la pensée qu'au point de vue de notre expérience banale des choses, c'est-à-dire au point de vue de leur *figuration contingente, partielle et successive* dans notre existence, ces concepts, ainsi que le

---

[1] Tha se visdom tha seo Gesceadvisness this leodh asungen hafdon (Boeth. III, 3). And vendest that seó veord thas voruld vende (*ibid.*, 5). — Maetzner, English Grammar, traduction de Grece, vol. III, p. 164.

constate MAETZNER, conservaient en anglo-saxon leur indétermination naturelle et primordiale.

Mais si la pensée se reportait sur l'*ensemble universel* de toutes ces réminiscences considérées en bloc, celles-ci se réunissaient en un seul faisceau, prenaient corps, s'identifiaient, devenaient une sorte d'entité morale, distincte et indépendante, que l'esprit pouvait envisager dans son entier, d'un seul coup d'œil rétrospectif, comme ayant sa place marquée dans le cercle familier de nos préoccupations.

De là l'idée de désignation démonstrative qui surgissait alors spontanément, mais exceptionnellement encore, en anglo-saxon.

On sait, d'ailleurs, que c'est cet effort rétrospectif de la pensée vers quelque chose de familièrement connu dans son ensemble global, qui a généralisé, dans toutes les langues, autres que l'anglais, la *détermination de l'idée d'intégralité notionnelle*.

En Anglais, ce phénomène d' « identification » ou de « personnification » de l'idée d'*intégralité notionnelle* était trop en désaccord avec la mentalité générale de la race, et, par suite, avec les tendances profondes de la langue, lorsque celle-ci fut parvenue à sa pleine maturité, pour que cette *détermination idéale* de la notion des choses pût se développer, voire même se maintenir dans l'usage, à moins d'être étayée et complétée par quelqu'une des diverses nuances de l'idée de *détermination réelle*, au sens propre et étymologique de ce mot.

Il y a cependant un passage, dans la Bible anglaise, où cet emploi exceptionnel de l'article, pour marquer un concept abstrait envisagé pleinement et complètement en lui-même et dans son intégralité notionnelle, s'est conservé avec une signification intensive et mystique.

Thine, O Lord, is the greatness, and the power, and the glory, and the victory, and the majesty; for all that is in the Heaven and in the Earth is thine; thine is the Kingdom, O Lord (*Chronicles* XXIX, 11) [1].

Un extrait de ce passage réapparaît dans l'Évangile et se récite journellement dans l'Église anglicane, à la fin de l'oraison dominicale :

For thine is the Kingdom, and the power, and the glory, for ever.

Le caractère absolument insolite de cette manière de parler serait de nature à faire supposer que les traducteurs de la *Bible anglaise* ont pu être influencés ici par la présence de l'article dans le texte hébreu, de même que dans quelques autres passages bibliques.

---

1. C'est ce passage qui a inspiré à BOSSUET sa magnifique phrase inaugurale : Celui qui règne dans les cieux. . à qui appartient la gloire, la majesté et l'indépendance.

Mais même dans cette hypothèse, pour que cet hébraïsme ait été admis par les traducteurs anglais, il faut que l'emploi de l'article ne leur ait pas apparu comme absolument contraire au génie grammatical de la langue. Encore aujourd'hui, en effet, en soulignant l'article dans la prononciation (emphasis), ou dans l'écriture, on peut l'employer avec un *rôle intensif* analogue, c'est-à-dire pour marquer l'idée de *la chose par excellence.*

Ex. : **Wright's soap is the nursery soap** (ADVERTISEMENT). Le savon de Wright est, *par excellence,* le savon des « Nurseries ».

C'est sans doute ce rôle intensif de l'article qu'un grammairien anglais (GOULDE BROWN?) a voulu désigner en parlant de sa « fonction absolue », **the absolute power of the article.**

On trouve dans la *Bible* et dans les œuvres de SHAKESPEARE un certain nombre d'exemples où l'article anglais semble bien près de ce « *rôle absolu* », mais où sa présence comporte néanmoins une légère nuance de détermination implicite [1].

.*.

De la même époque datent quelques expressions devenues traditionnelles, qui offrent le même caractère *mixte,* c'est-à-dire qui comportent à la fois l'idée de la *fonction absolue* de l'article et une légère nuance de *détermination implicite.*

To die the death. — Idée de la mort, non pas considérée pleinement et complètement en elle-même et dans toute l'étendue de sa notion, mais envisagée seulement comme constituant le dernier supplice, le suprême châtiment qu'on puisse infliger dans tel ou tel cas particulier [2].

A picture taken from the life, a description from the life, i. e. from the living form, from the real person or state, in opposition to a copy (WEBSTER's *Dictionary*).

---

1 Toute une thèse a été écrite sur l'emploi de l'article dans la *Bible* De usu articuli finiti anglici in Scripturae Sacrae translatione (A. BARBEAU. Paris, 1904). Les extraits que nous en pourrions tirer, bien qu'intéressants en eux-mêmes, n'ajouteraient rien à notre argumentation.

2 Voir dans MURRAY's *New English Dictionary*, un certain nombre d'exemples de ce genre to pursue to the death, to fight to the death, to wage war to the death, c'est-à-dire « jusqu'à la mort des personnes en question ». La mort, d'ailleurs, fait partie intégrante de la destinée humaine, au même titre que la vie elle-même. Cette expression « destinée humaine » n'a-t-elle pas pour synonyme celle de « destinée mortelle »? Il n'est donc pas étonnant que le mot **death**, comme le mot **life**, ait été sur le point, à une certaine époque, d'être assimilé à tous ceux qui désignent quelque élément constituant de l'être physique ou intellectuel.

A picture drawn to the life, i. e. so perfectly as to reproduce
the real object (JOHNSON's *Dictionary*).

The blood is the life, phrase biblique devenue proverbiale et contenant une allusion à quelque ancienne croyance, plaçant plus ou
moins matériellement dans le sang des animaux le principe de leur
existence, et impliquant, par suite, non l'idée de « la vie considérée
pleinement et complètement en elle-même et dans toute l'étendue de
sa notion », mais cette idée de la vie envisagée uniquement au point
de vue de « chaque animal en particulier »[1].

Dans les auteurs plus modernes (sauf peut-être parfois chez les
métaphysiciens), cet *emploi absolu* de l'article n'est le plus souvent
qu'apparent, comme dans l'exemple suivant de POPE :

Extremes in nature equal ends produce,
In man they join to some mysterious use,
And oft so mix, the difference is too nice,
Where ends the virtue or begins the vice. *(Ess. on m.*, II, 209.)

Il est évident que POPE ne veut pas ici parler de la vertu ou du vice
« considérés en eux-mêmes et dans toute l'étendue de leurs notions
respectives », mais seulement de la vertu ou du vice qui peuvent
exister simultanément dans un homme et s'y faire contrepoids.

Il y a donc, ici encore, une nuance très délicate, à la fois *implicite et
réciproque*, de l'idée de *détermination.*

On peut en conclure avec sécurité que la langue moderne a définitivement rejeté l'emploi de l'article avec les noms abstraits, en dehors
de l'idée de détermination, interprétée étymologiquement, et de ce
rôle absolu accidentel, dont il vient d'être question.

OBSERVATION

Les grammairiens qui croient pouvoir écarter l'idée de *détermination* de la question de l'article et la résoudre uniquement à l'aide de
l'idée de *désignation démonstrative*, se voient, en réalité, obligés à
chaque instant de recourir à cette même idée de *détermination*, dont ils
ne se défient que parce qu'ils n'en ont pas su trouver la formule exacte.

---

1. Un appendice spécial (appendice III) sera consacré à l'étude du rôle de l'article
dans ce passage biblique Contentons-nous ici de faire remarquer qu'il y a eu, pendant
longtemps, une certaine tendance à déterminer en anglais l'idée de la vie, comme
celle de la mort, considérée au point de vue indiqué dans la note précédente (Voir
MURRAY's *New Dictionary.*)

L'idée démonstrative, en effet, est tout aussi spontanément exprimée par l'article dans n'importe quelle langue que dans la langue anglaise. Ce n'est donc pas elle qui peut servir à différencier l'usage ; c'est elle, au contraire, qui a besoin d'une formule exacte de différenciation, quand on passe d'une langue à une autre.

En d'autres termes, il faut savoir dire, d'une manière précise, en quoi l'idée de désignation démonstrative, spontanément exprimée par l'article anglais, est plus réelle et plus effective que celle qu'expriment, non moins spontanément, les articles des autres langues.

Il faut, par suite, trouver un moyen pratique d'apprécier les divers degrés d'atténuation que l'usage des diverses langues a établis dans la force démonstrative de l'article. Or, de temps immémorial, c'est l'idée de *détermination* qui a servi à formuler cette appréciation.

C'est pourquoi, même les grammairiens qui semblent avoir rejeté systématiquement l'emploi du « mot » *détermination*, n'ont pas d'autre base d'argumentation didactique que la « chose » même que ce mot représente.

On en trouvera la preuve dans la théorie suivante de l'emploi de l'article, telle qu'elle est formulée par l'un des plus distingués parmi ces grammairiens.

« Pour employer l'article défini, en anglais, dit M. MEADMORE, il faut, en général, que le nom, par sa signification propre (le palais, la bataille), ou grâce à un complément restrictif (la lumière d'une bougie), ait une portée essentiellement spécifique et limitée..... Ainsi comparez ces deux exemples : Love is blind. — The love of money is the root of all evils. . . . .

. . . .

» Pour l'application du principe général exposé plus haut, il est nécessaire d'examiner la nature des noms auxquels on a affaire.

» Or, les noms répondent à deux sortes d'idées : il y a les noms de choses concrètes et les noms de choses abstraites.

» Les choses concrètes se subdivisent en deux classes :
   1° Les objets proprement dits . . . .
   2° Les matières ou substances . . . .

» De même les choses abstraites se subdivisent en deux classes :
   1° Les concepts particuliers (la découverte, le désir) . . . .
   2° Les concepts généraux (la beauté, le travail). . . . .

. . . .

» Tout nom abstrait exprimant un concept général pris dans un

sens indéfini, c'est-à-dire considéré en lui-même, rejette l'article.
Ex. : The four cardinal virtues are prudence, fortitude,
temperance and justice.

» Mais si le concept général est incarné en une personne ou localisé
dans un fait précis, alors il devient sensible aux yeux [1] et partant
montrable ; dans ce cas il prend l'article. Ex. : The wisdom of
Solomon (MIDDLETON). »

Bien que le mot « *détermination* » ne soit pas ici prononcé, qu'est-ce,
en réalité, que ce concept général « incarné et localisé » dans la
personne de SALOMON, sinon un concept qui n'est plus général, mais
restreint, particularisé et délimité, c'est-à-dire « *déterminé* » comme on
l'appelle depuis des siècles ?

Ainsi c'est à l'idée de *détermination* qu'il faut finir pour avoir
recours, bon gré, mal gré, consciemment ou inconsciemment, quelles
que soient les divisions et les subdivisions des concepts, si l'on veut
différencier les divers degrés d'intensité ou d'atténuation que l'énergie
démonstrative spontanément exprimée par l'article peut présenter dans
les diverses langues, ou dans les divers groupes ethniques ou linguis-
tiques.

Or, nous avons vu que cette idée de *détermination* était elle-même
différenciée dans les diverses langues ou dans les divers groupes de
langues, par des conceptions d'esprit qui varient suivant la mentalité
de chaque race.

En français et dans les autres langues continentales, l'idée de *détermination* indispensable pour entraîner celle de désignation démonstrative, exprimée par l'article, s'est tellement développée, qu'une chose
quelconque, même abstraite, a fini par apparaître comme *déterminée
en soi,* à la seule condition d'être considérée pleinement et complètement en elle-même et dans « toute l'étendue de sa notion ».

En anglais, au contraire, cette même idée de *détermination* est restée
strictement limitée aux diverses nuances que comprend son interprétation originelle et *étymologique,* et c'est cette restriction de l'idée de
détermination qui donne la véritable formule de différenciation de
l'usage anglais.

1. C'est sans doute « sensible aux yeux de l'esprit » que l'auteur a voulu dire

§ III. L'idée d'indétermination et les substantifs partitifs en anglais.

Un *substantif partitif*, ou pris dans un *sens partitif*, est celui qui exprime « une portion » ou « des portions successives » de quelque chose ; « une fraction » ou « des fractions successives » d'une pluralité d'êtres ou d'objets : du pain, de la viande, des fruits, des légumes.

En réalité, l'idée partitive n'est ici marquée en français que par la préposition *de*, employée elliptiquement avec le sens de « *une portion ou fraction de* », ou « *des portions ou fractions successives de* ».

Quant à l'article défini, il ne joue dans cette combinaison d'autre rôle que de rappeler l'idée de la substance universelle, ou de l'ensemble universel des êtres ou des objets, dont on envisage le fractionnement : le pain, la viande, les fruits, les légumes.

Ces mots *du*, *de la*, *des* (et parfois la préposition *de*, seule), ont, dans cette circonstance, un rôle tellement spécial et caractéristique qu'on est en droit d'y voir une sorte de partie du discours distincte et particulière que l'on peut appeler : *articles partitifs*.

La langue anglaise possède également une sorte d'articles partitifs : ce sont les adjectifs indéfinis **some** et **any**, lorsqu'ils sont prodigués dans les circonstances banales de l'existence, avec une signification atténuée correspondant à celle des mots *du*, *de la*, *des*, employés partitivement.

Ex. : **Give me some bread. Have you any money about you ? Allow me to help you to some vegetables. Here is some cake for you.**

Mais les mots **some** et **any** ne s'emploient ainsi comme articles partitifs, que s'il s'agit d'un « *certain fractionnement déterminé* », c'est-à-dire « distinct et particulier », par exemple lorsque l'on « demande », « offre » ou « désigne » une quantité plus ou moins grande de quelque chose, ou un nombre plus ou moins grand d'êtres ou d'objets, comme dans les phrases ci-dessus.

Quand il ne s'agit que d'un « *fractionnement général, contingent et successif* », les substantifs *partitifs* retombent en anglais dans l'état d'indétermination, qui est leur état naturel et normal, comme il est celui des substantifs *abstraits*, c'est-à-dire de tous les substantifs autres que les substantifs *concrets au singulier*.

Ex. : Les végétariens sont des gens qui ne mangent que des

légumes, et qui ne boivent ordinairement que de l'eau ou du thé. Ils ne mangent pas de viande, et ne boivent pas de vin, de bière, ni de spiritueux. **Vegetarians are people who eat nothing but vegetables, and usually drink nothing but water or tea. They never eat meat, nor drink wine, beer or spirits.**

On enseigne ordinairement que **some** s'emploie dans les phrases affirmatives, et **any** dans les phrases interrogatives, négatives et dubitatives. Ce n'est qu'une manière approximative de présenter les choses.

En réalité, l'emploi de **some** et de **any** ne dépend pas directement de la tournure de la phrase, mais uniquement des idées de *détermination* ou d'*indétermination partitive* qui peuvent s'associer à celle de fractionnement, et que les mots **some** et **any** indiquent respectivement, d'une manière toute spontanée, en vertu de leur signification propre, en tant qu'adjectifs indéfinis.

.*.

A. — *Emploi de* **some**. — **Some** est « *déterminatif* » dans ce sens qu'il exprime toujours une idée de « *bornes* ou de *limites restrictives* » dans la notion de quantité ou de nombre.

Signifiant, à l'origine, *un certain, une certaine, certains, certaines*, il ne peut jamais marquer, au point de vue partitif, que l'idée d'une « *certaine quantité* », *implicitement restreinte et limitée*, de quelque chose, ou celle d'un « *certain nombre* », *implicitement restreint et limité*, d'êtres ou d'objets.

Cette idée de *restriction* dans la notion des choses impliquant naturellement celle de *l'existence* de ces choses, il en résulte que **some** se rencontrera surtout dans les phrases *affirmatives*.

Mais **some** s'emploiera également dans une phrase *interrogative, négative* ou *dubitative*, si l'interrogation, la négation, ou le doute, ne portent pas sur « *l'existence des choses* », de façon à laisser subsister tout entière l'idée de « *restriction affirmative* ».

Ex.: **What did he want? Did he ask you again for some money? Did you lend him again some money? — Did you not give him some money, as I had requested you? — If he asks you again for some money, tell him to come to me. — If he had some money given him, he would soon invest it in sweets or trifles.**

Have you seen (have you not seen, I cannot find) some money, or some books, that I had left here.

Can you (or can you not) lend me some books for the country? — If I had some books that I have lent, I could spend my time less wearily.

Dans toutes ces phrases, l'interrogation, la négation ou le doute ne portent pas sur « *l'existence des choses* », mais sur les idées concomitantes de « voir » ou de « ne pas voir », de « prêter », de « trouver », « d'avoir sous la main », etc. Quant à la notion des choses en elles-mêmes, elle reste à la fois « *affirmative* et *restrictive* », et, par suite, elle doit être exprimée par « **some** ».

B. — *Emploi de* **any**. — Any, signifiant étymologiquement « *n'importe lequel*, et, par extension, *n'importe combien*, *n'importe quelle quantité* ou *quel nombre*, marque « l'impossibilité d'assigner aucunes *bornes* ou *limites* » à la notion de quantité ou de nombre, dans une circonstance donnée ou supposée.

Ce mot marque donc une idée *expresse et explicite d'indétermination partitive* (y compris l'indétermination de l'unité).

C'est pourquoi il s'emploiera surtout dans les phrases *interrogatives*, *dubitatives* ou *négatives*, mais à une double condition, à savoir : d'un côté, que l'idée d'interrogation, de doute ou de négation, porte réellement sur « l'existence des choses » en question ; de l'autre côté, qu'il y ait lieu d'étendre la pensée jusqu'à l'idée « d'une quantité ou d'un nombre quelconque » (y compris l'unité).

Ex. : Have you not any money about you? What! Have you not any money? Why didn't you ask me for some? If I had any money, I would not ask you for some. Well, I can't lend you any, for I have not any myself. — I can't write, I have no pen ou I have not any pen ou I have not a pen.

Le mot **any** est tellement l'expression de l'idée d'« indétermination partitive », qu'il peut traduire l'expression française : *le moindre, la moindre, les moindres*.

Ex. : S'il avait le moindre sentiment de dignité, il n'agirait pas ainsi. If he had any sense of dignity, he would not act thus.

C. — *Suppression de* **some** *et de* **any**. — Il résulte de ce qui précède que si, dans une phrase quelconque, affirmative ou négative, interrogative ou dubitative, la pensée ne comporte ni l'idée de *détermination partitive* exprimée par some, ni celle d'*indétermination expresse* exprimée par any, on ne peut employer, en anglais, ni l'un ni l'autre de ces deux mots. C'est ce qui arrive dans les principaux cas suivants :

1° Quand la pensée se porte uniquement sur l'idée de la *nature des choses*, et nullement sur celle de leur *quantité* ou de leur *nombre*.

Ex. : Je ne bois que de l'eau, je ne bois jamais de vin. I drink nothing but water, I never drink wine.

Vous appelez ceci du vin ? Je l'appelle du vinaigre. You call this : wine? I call it : vinegar.

Ce ne sont pas des conseils que je vous demande, c'est de l'argent. I do not want advice, I want money.

Que désirez-vous? du vin ou de la bière? Which will you have? Wine or beer.

Je prendrai du vin, s'il vous plaît. I will take wine, if you please.

Lorsque le soleil se sera suffisamment refroidi pour permettre aux gaz de son atmosphère de se combiner, les torrents d'hydrogène qui y tourbillonnent actuellement s'uniront alors à l'oxygène pour former de l'eau. When the sun shall have (or has) sufficiently cooled down to allow of the gases of its atmosphere combining, then will the torrents of hydrogen that are at present whirling in it, unite with the oxygen to form water.

2° Quand, au lieu de vouloir restreindre et amoindrir l'idée de quantité ou de nombre, on se propose, au contraire, de présenter la notion des choses sous un aspect *amplifié*.

Ex. : Have you not money, friends, abilities, every thing that can ensure success? Why should you despair? N'avez-vous pas de l'argent (c'est-à-dire de la fortune), des amis, du talent, tout ce qu'il faut pour assurer le succès? Pourquoi désespéreriez vous?

If I had money, I should soon have friends. Si j'avais de l'argent (c'est-à-dire de la fortune), j'aurais bientôt des amis.

3° Quand la notion partitive s'applique en français à une *idée abstraite*, cet ordre d'idées ne comportant pas en anglais la notion partitive, c'est-à-dire fractionnaire, qui ne lui est appliquée que figurativement en français.

Ex. : He showed courage and experience in this emergency. Il montra du courage et de l'expérience dans cette circonstance.

En d'autres termes, some et any, avec un substantif abstrait ne peuvent s'employer que pour marquer une « idée formelle et intentionnelle » de *restriction* dans la notion des choses.

Ex. : **He showed some courage, but no perseverance.** Il montra un certain courage, mais pas de persévérance.

Did he show any repentance? A-t-il montré quelque repentir? En a t-il donné quelques signes?

4° Lorsqu'il s'agit de traduire le mot *des* exprimant non un « certain nombre », mais un *nombre certain* et *spontanément connu*.

Ex. : Cet enfant a des yeux d'un bleu foncé. **This child has dark blue eyes.** A-t-il des mains (ou les mains) grandes ou petites? **Has he large or small hands?**

Il vint à pleuvoir, mais cela nous était égal, nous avions des parapluies. **It came on to rain, but we did not care, we had umbrellas** (chacun avait le sien).

Some, ici, encore, aurait un sens « formellement restrictif » : **We had some umbrellas, but not enough of them.**

D'un autre côté, si ce même mot *des* peut se substituer, en français, au mot *les*, cette seule possibilité de faire intervenir l'idée *partitive* amènera l'*indétermination* en anglais.

Ex. : A ces mots les applaudissements éclatèrent de toutes parts, les cris de joie retentirent. **At these words cheers burst forth on all sides, shouts of joy broke out** [1].

.*.

D. — Some *et* any *employés comme pronoms partitifs.* — En français et dans les autres langues continentales, la préposition *de* suffit pour marquer l'idée partitive devant un substantif accompagné d'un *déterminatif quelconque*, adjectif démonstratif ou possessif, ou article défini amené par une proposition complétive.

Ex. : Donnez-moi de votre pain, de ce pain, du pain qui est là. Avez-vous eu de ce vin?

En anglais, il faut distinguer :

S'il y a idée de *détermination partitive*, c'est-à-dire de « fractionnement distinct et particulier », comme dans les exemples ci-dessus, on ajoute **some** ou **any** à la préposition **of.**

Ex. : **Give me some of your bread, of this bread, of the bread which is there.   Have you had any of this wine?**

_____

[1] La langue anglaise se rencontre ici avec la langue allemande.

S'il n'existe dans la pensée qu'une idée de « fractionnement indéterminé », c'est-à-dire « général, contingent et successif », some et
any disparaissent logiquement.

Ex. : **Henceforth thou shalt eat of my bread and drink of my
wine** (STERNE). A l'avenir tu mangeras de mon pain et tu boiras de
mon vin.

Mais cet emploi *absolu* de la préposition **of** pour marquer à elle
seule l'idée partitive n'est guère plus dans la langue qu'une tradition
littéraire. Dans l'usage courant et familier, on prendrait dans ce cas
une tournure plus simple : **Henceforth you will eat my bread
and drink my wine.**

OBSERVATION

Contrairement à l'usage des grammairiens, il n'a été fait dans cette
étude aucune mention spéciale des noms de « substances » et de
« matières », parce que ce n'est pas seulement avec ces noms que l'idée
partitive peut exister ; elle se rencontre également avec les noms
« concrets au pluriel », par exemple, lorsqu'on dit : « des fruits, des
noix, des pommes, des légumes, des livres, des chiens, des chevaux,
des parents, des amis ».

Bien plus, un nom quelconque peut être pris dans un sens partitif,
par exemple, lorsqu'on dit : « Avoir du temps, du courage, du cœur,
de l'ardeur, du génie, de l'orgueil », etc.

C'est donc la « *notion partitive* » des choses que nous avons étudiée
en elle-même et d'une manière synthétique, c'est-à-dire dans ses mul-
tiples applications à n'importe quel ordre d'idées.

Il peut être utile, néanmoins, dans un livre d'enseignement pratique,
de faire ressortir le caractère particulièrement indéterminé des noms
de substances et de matières ; c'est ce que l'on a soin de faire, en effet,
dans la plupart des grammaires, aussi bien en Angleterre que de ce
côté-ci de la Manche.

Il suffit, d'ailleurs, pour que cette *indétermination naturelle et spontanée* des noms de substances ou de matières éclate aux yeux, de ramener l'idée de *détermination* à sa signification *originelle* et *étymologique*,
c'est-à-dire à l'idée de *bornes* ou de *limites* dans la notion des choses.

La notion de l'eau, par exemple, exclut toute idée de *bornes* ou de
limites propres et assignables, si on la considère en elle-même,

puisqu'elle s'étend alors, non seulement à tout ce qui peut exister en fait d'eau sur la terre et dans la nature entière, mais, en outre, à tout ce qui pourra s'en former par la suite des âges, dans « des mondes qui sont encore à naître ». Toutes ces contingences infinies étant comprises, par exemple, dans la formule connue : « L'eau est composée d'oxygène et d'hydrogène, » l'absence de toute idée de *bornes* ou de *limites* y est évidente.

L'état d'*indétermination* est donc, en anglais, l'état *naturel et logique* des noms de *substances* et de *matières*, comme il est celui des noms *abstraits*, et c'est ce qui fait dire aux grammairiens d'outre-Manche, tantôt que les noms « *matériels* [1] » sont assimilés aux noms « *abstraits* », tantôt que les noms « *abstraits* » sont assimilés aux noms « *matériels* ».

En réalité, il n'y a aucune assimilation entre ces deux ordres d'idées [2], il n'y a qu'un état commun d'intermination naturelle, tant que n'intervient aucune des conceptions d'esprit correspondant aux diverses nuances de l'idée de *détermination*, interprétée *étymologiquement*.

On pourrait donc dire que l'état d'*indétermination* n'a besoin d'aucune règle en anglais, puisque cet état est la règle elle-même, en principe, et de quelque ordre d'idées qu'il s'agisse, à l'exception des substantifs *concrets* au *singulier*.

En d'autres termes, on n'a pas besoin de savoir quand il faut omettre l'article en anglais. Il suffit de savoir quand il y a lieu de l'employer, c'est-à-dire qu'il faut savoir reconnaître, d'une manière exacte et sûre, les diverses nuances que comporte l'idée de *détermination*, ramenée à son interprétation *originelle et étymologique*.

---

§ IV. L'idée d'indétermination et les substantifs pluriels en anglais.

I. Conflit entre l'idée de simple totalité ou de simple universalité notionnelle et celle de collectivité réelle ou d'identification d'ensemble.

En principe, tout substantif *pluriel*, désignant un *nombre indéfini* d'êtres ou d'objets, reste indéterminé et sans article en anglais, s'il

[1] On appelle ainsi, en Angleterre, les noms de matières ou de substances.
[2] De ce côté de la Manche, on a été plus exact. On a dit que « les noms de substances sont *considérés en grammaire* comme des noms abstraits », ce qui est vrai à un point de vue pratique, quand il s'agit de l'emploi de l'article défini. (Voir A Baret, *troisième année d'anglais*, p. 139.)

n'intervient aucune des nuances de l'idée de détermination, interprétée étymologiquement.

Cette indétermination de l'idée de *pluralité indéfinie* a plus d'une raison d'être. En premier lieu, nous savons que c'est l'état naturel d'un substantif quelconque, tant que n'intervient aucune raison positive de détermination. En second lieu, l'absence de toute idée de *bornes* ou de *limites* saisissables et désignables, dans l'idée du nombre, est une justification suffisante de la persistance de cet état d'indétermination.

Qui dira, en effet, ce qui peut exister ou avoir existé, ou ce qui pourra jamais exister, en fait « d'hommes, d'animaux, de végétaux, de minéraux, d'arbres, de plantes, d'herbes, d'oiseaux, de reptiles, d'insectes, etc. » ?

Par conséquent, lorsque les êtres ou les objets sont ainsi envisagés, dans leur pleine et entière généralité, c'est-à-dire dans toute l'étendue de leur notion, ou, en d'autres termes, dans leur *universalité notionnelle,* les substantifs pluriels doivent rester indéterminés et sans article en anglais : **Men, animals, plants, minerals, trees, herbs, grasses, birds, reptiles, insects,** etc.

Mais ici intervient un autre facteur d'une importance considérable et difficile à définir, celui qu'on appelle ordinairement « l'idée collective », et auquel on peut conserver cette appellation, à la condition, toutefois, d'entendre par là cette *identification d'ensemble* qu'engendre l'idée de *démarcation subdivisionnaire,* telle que nous l'avons définie dans un précédent chapitre.

C'est, en effet, uniquement à l'idée de *contraste* ou d'*opposition* que cette *subdivision* suppose entre les différentes parties d'un tout ; à celle de *frontières réciproquement délimitatives et identificatrices* qui en résulte ; enfin, à celle de *figuration à part et en particulier* de chacune de ces fractions subdivisionnaires dans le *cadre familier de nos préoccupations,* qu'est due, dans le cas des collectifs, la détermination de la pensée, et, par suite, le geste spontané de désignation démonstrative que l'article a pour rôle d'indiquer.

Il va sans dire que ces diverses conceptions d'esprit n'existent qu'à l'état latent et inconscient dans la pensée anglaise, l'emploi de l'article étant, dans toutes les langues, une pure question d'instinct acquis, c'est-à-dire le résultat de cette habitude routinière de la phraséologie courante qui équivaut à une sorte d'intuition.

Aussi le Dr Sweet ne voit-il dans cette question des substantifs pluriels et des collectifs qu'une seule chose, c'est que l'article y

« fait ressortir l'idée de collectivité, suggérant celle d'ensemble global » [1].

L'observation du docte Professeur d'OXFORD équivaut donc à dire que c'est l'idée d'« *ensemble global* » qui entraîne l'emploi de l'article avec un substantif pluriel ou un collectif. C'est assurément une indication suffisante pour ses compatriotes, qui emploient instinctivement l'article dans cette circonstance, comme dans toutes les autres. Mais pour nous étrangers, la question reste entière : dans quel cas, à quelles conditions, en vertu de quelle conception d'esprit, l'idée d'« *ensemble global* » existe-t-elle ou n'existe-t-elle pas en anglais, lorsqu'il s'agit de substantifs pluriels qui seraient uniformément accompagnés de l'article dans les autres langues ?

L'allemand MAETZNER n'est guère plus explicite, bien qu'il écrive pour ses compatriotes, dont le sentiment intime de l'emploi de l'article est tout différent de celui des Anglais.

Voici toute sa doctrine à ce sujet, telle qu'on la trouve dans la traduction de sa *Grammaire Anglaise* par GRECE.

« Generic names of persons or things, both in the singular and in the plural, are generalized or referred to the totality of individuals, by the definite article » (Vol. III, p. 153).

A la page 143, à laquelle nous sommes renvoyés, nous trouvons ceci :

« The definite article may denote the substantive without a more particular determination, or as a notion of the kind or of the sort, with such a more particular determination, that is to say, as a whole, as it were exhibited to view, or the notion in its whole extent. »

On peut résumer ces deux alinéas en disant que MAETZNER attribue l'emploi de l'article, dans le cas des substantifs concrets au pluriel, et en dehors de ceux de détermination positive et formelle, à l'idée de « *totalité* », c'est-à-dire à l'idée de « *l'espèce ou du genre considérée dans toute l'étendue de sa notion* ».

Or, nous savons combien cette idée de « *totalité* » est trompeuse, puisqu'on peut n'entendre par là que la simple « *universalité notionnelle* », comme lorsqu'on dit : « Men are mortal; Christians are those who...; Animals are organized beings which...; Minerals are inorganized beings which, etc. »

<hr>

1. With collective nouns and plurals the definite article emphasizes the idea of collectiveness, suggesting that of the whole body of. . Ex : The nobility and gentry — the dissenters and catholics — the Russians do not like the Germans. (*A New English Grammar*, by Henry SWEET, vol. II, 2030.)

Il faut donc qu'il y ait autre chose que cette idée pure et simple de
« *totalité* », dans les exemples de MAETZNER, pour y entraîner l'emploi de l'article. C'est cette « autre chose » que nous révélera l'examen
de ces divers exemples.

Les uns constituent ce que l'on appelle généralement l'emploi du
singulier pour le pluriel :

**Thy prejudices won't discern How the hero differs from
the brute** (ADDISON). — **Woe for the pilgrim then In the wild
deer's forest far** (Mᵐᵉ HEMANS).

Nous savons pourquoi l'article est ici employé : c'est parce que
« **the brute** », « **the hero** », « **the wild deer** », sont des êtres
« concrets », c'est-à-dire « distincts, entiers et complets en eux-
mêmes », et, par suite, quelque chose de « déterminé en soi »,
malgré la généralité de la pensée. Il n'y a d'ailleurs ici aucune
idée de « *totalité* » véritable, c'est-à-dire d' « *ensemble global et
collectif* ». En tout cas, ces exemples, étant au singulier, n'ont
rien à voir avec la question qui nous occupe, celle des substantifs
pluriels.

Seuls, les autres exemples, au nombre de trois, appartiennent à
cette question :

a) **The rivers run not back** (BULWER LYTTON).

b) **Go, from the creatures thy instruction take :
Learn from the birds what food the thickets yield ;
Learn from the beasts the physic of the field** (POPE).

c) **Friedrich was by no means one of the perfect demi-
gods** (CARLYLE).

Si l'article est employé dans ces exemples, c'est, d'après MAETZNER,
parce que l'on a en vue la « *totalité* des rivières, des animaux, des
oiseaux, des fourrés et des demi-dieux ».

Or, nous savons que cette idée de « *totalité* » n'est pas suffisante en
elle-même pour entraîner l'emploi de l'article.

S'il en fallait une nouvelle preuve, on la trouverait dans les phrases
suivantes, où l'idée de « *totalité* » existe également, mais où, néanmoins, l'emploi de l'article serait manifestement inadmissible.

a) **Rivers are formed by the moisture of the atmosphere
condensed into rain.**

b) Birds belong to the animal kingdom, as being endowed with sensation and the power of voluntary motion. Birds have all wings, but some do not use them for flying. Birds are called the inhabitants of the air.

Beasts seem to be irrational beings; yet they cannot be denied a sort of intelligence of their own.

Even creatures (i. e. animals) seem to be conscious of their own personality.

Il est question, dans ces diverses phrases, de « toutes les rivières », de « tous les oiseaux », de « tous les animaux » : une rivière quelconque est formée par la vapeur de l'atmosphère condensée en pluie ; un oiseau quelconque appartient au règne animal ; un animal quelconque, bien que non doué de raison, semble avoir quelque lueur d'intelligence et une certaine conscience de sa personnalité : il n'y en a pas moins indétermination dans toutes ces phrases, parce que la pensée peut s'appliquer à chacun des êtres ou des objets en question, considérés séparément et en eux-mêmes, et non à leur ensemble global et collectif.

Qu'il en soit de même dans les exemples de MAETZNER, c'est ce que personne ne songerait à contester : une rivière quelconque suit la pente du sol, sans jamais remonter vers sa source ; un oiseau quelconque sait choisir sa nourriture dans les fourrés ; un animal quelconque, au moins dans la pensée de POPE, a instinctivement recours à la plante qui convient à son mal.

L'idée de « *totalité* » étant donc écartée comme insuffisante en elle-même pour entraîner l'emploi de l'article, il faut que sa présence dans ces exemples soit motivée par quelque autre cause déterminative qui ait échappé à MAETZNER.

Grâce à la lumière projetée sur toute la question de l'article anglais par l'interprétation *étymologique* de l'idée de détermination, il nous sera facile de trouver ici cette autre *cause déterminative*.

a) Dans l'exemple emprunté à B. LYTTON, l'article qui accompagne le mot « rivers » sert à « faire tableau ». C'est lui qui nous montre, comme le ferait un geste de la main, sur toute la surface du globe et de tous les côtés à la fois, tous ces fleuves et toutes ces rivières qui se précipitent vers la mer, sans jamais retourner en arrière. Sans l'article, cette phrase ne serait qu'une affirmation banale de la marche des fleuves et des rivières. Avec l'article, c'est la nature entière que l'on prend à témoin, en évoquant le souvenir de l'un de ses aspects les plus connus, afin de mieux montrer combien sont irrésistibles certaines pentes des choses d'ici-bas.

L'emploi de l'article doit donc être attribué ici à ce que nous avons appelé l'idée de *localisation implicite et spontanée des scènes de la nature dans le cadre plus ou moins familier de l'existence humaine.*

b) Dans le second exemple emprunté à POPE, les expressions « the creatures », the beasts », «the birds », ne désignent pas seulement l'ensemble général des animaux et celui des oiseaux, considérés en eux-mêmes et dans leur universalité notionnelle. Elles les représentent, en outre, comme constituant avec l'homme les *trois grandes subdivisions du règne animal,* et c'est en cette qualité qu'elles les mettent en *contraste* et en *opposition* avec lui.

C'est donc ici l'idée de *démarcation subdivisionnaire* ou de *classification collective* qui s'ajoute à l'idée d'*ensemble* ou de *totalité* pour produire la détermination de la pensée.

Lorsque, au contraire, POPE n'a en vue que la simple idée des aptitudes ou des attributs des êtres en eux-mêmes, il se garde bien d'employer l'article. Ex. :

Heaven from all creatures hides the book of fate,
From brutes what men, from men what spirits know.

Quant aux mots « the thickets », l'emploi de l'article doit être attribué ici, comme précédemment, pour « the rivers », à l'idée de *localisation implicite dans les scènes familières de la nature.*

c) Le troisième exemple, celui que MAETZNER a emprunté à CARLYLE, est le seul que l'on puisse invoquer comme exprimant une idée d'ensemble global et collectif, car les demi-dieux constituaient véritablement, dans la pensée de CARLYLE, une classe d'êtres à part, celle qu'il a célébrée dans son livre : «Heroes and Hero-worship. » Nous nous trouvons donc en face d'une des *subdivisions de l'humanité,* c'est-à-dire en présence de l'idée de « *démarcation subdivisionnaire* » et des idées concomitantes d'«*identification globale, distincte et délimitée*», et de « *figuration dans le cadre plus ou moins familier de nos préoccupations intellectuelles*».

C'est évidemment cette idée de *collectivité réelle* qu'a pressentie MAETZNER et qu'il cherche à saisir et à dénommer par le mot «*totalité*», quand il dit :

« Les noms génériques de personnes ou de choses, soit au singulier, soit au pluriel, sont *généralisés* ou rapportés à la *totalité* des individus, par l'article défini. »

Il est étrange, au premier abord, de voir appliquer le mot « *généraliser* » au rôle de l'article, dont la fonction propre est, au contraire, de préciser l'objet de la pensée, en le désignant démonstrativement, c'est-à-dire d'une manière distincte, à part et en particulier. Mais MAETZNER prend soin de nous dire qu'il entend par là : « rapporter à la totalité des individus ».

Nous admettrons donc qu'on puisse attribuer à l'article un *rôle généralisateur* quand il s'agit de *substantifs concrets employés au singulier* pour désigner toute l'espèce, la classe ou la catégorie : the horse, the dog, the plough, the harrow, the rose, the daisy, etc...

Mais ce serait le bouleversement complet de toutes les notions acquises sur l'emploi de l'article que de dire qu'il en est de même *au pluriel*. Dans la très grande majorité des cas, au contraire, l'article ne peut s'employer au *pluriel* que pour marquer l'idée de *certains êtres* ou de *certains objets particuliers et déterminés*. On ne peut employer les expressions : the horses, the dogs, the ploughs, the harrows, the roses, the daisies, que s'il s'agit de « certains chevaux » ou de « certains chiens » ; de « certaines charrues » ou de « certaines herses » ; de « certaines roses » ou de « certaines pâquerettes », etc.

Que l'on généralise tant que l'on voudra la notion de ces êtres ou de ces objets, c'est-à-dire que l'on étende cette notion jusqu'aux dernières limites de sa compréhension (pour emprunter à la métaphysique son langage spécial), il n'en faudra pas moins supprimer l'article en anglais, si l'on emploie le *pluriel* au lieu du *singulier* :

Ex. : Horses are our noblest conquest, dogs are our most faithful friends, ou the horse is our noblest conquest, the dog is our most faithful friend...; Ploughs are... ou the plough is...; Roses are... ou the rose is...; Daisies are... ou the daisy is...

Il faut donc qu'il s'ajoute quelque chose à l'idée de *totalité* pour que cette idée de *totalité* soit désignée démonstrativement en anglais, à l'aide de l'article. Ce « quelque chose », c'est l'une quelconque des nuances de l'idée de *détermination*, interprétée *étymologiquement*, comme nous venons de le voir dans les divers exemples cités par MAETZNER, et en y comprenant cette *identification d'ensemble* que peut seule produire l'idée de *démarcation subdivisionnaire*, telle que nous l'avons définie.

* *
*

Bien que manifestement influencé, dans cette question des substantifs pluriels, par la « conception allemande du rôle de l'article », MAETZNER, néanmoins, ne pouvait avoir perdu de vue ce fait capital, patent et incontestable, que l'idée de simple *totalité*, c'est-à-dire de simple *universalité notionnelle*, ne suffisait pas en anglais, comme elle le fait en allemand ou en français, pour entraîner l'emploi de l'article avec un *substantif pluriel*.

Même lorsqu'il s'agit des noms de « peuples », de « sectes religieuses ou autres », ou de ceux de « partis politiques », c'est-à-dire alors que l'idée de *collectivité* s'éveille naturellement dans l'esprit, Maetzner est obligé de reconnaître qu'il peut y avoir indétermination, en dépit de l'idée de « *totalité* ».

« Même ici, dit-il, on rencontre des cas où la *totalité* est indiquée par le *pluriel sans article*[1]. Ex. : **A particular kind of devotional worship practised by catholics** (W. SCOTT, *Tales of a Grand-father*, 28).

Ce qu'il faut surtout remarquer dans ce passage, c'est que MAETZNER applique à un cas d'indétermination (**catholics**) le même mot de « *totalité* » qu'il vient, un instant auparavant, d'appliquer au cas inverse, c'est-à-dire à des noms de « peuples » ou de « sectes » désignant *l'ensemble global et collectif* des individus (the **Romans**, the **Puritans**, the **Papists**, etc.[2])

Il est donc évident que, dans la pensée de MAETZNER, le mot « totalité » n'indique pas nécessairement ce que nous avons appelé « *l'idée d'identification collective et globale* », mais en outre, et tout aussi bien, celle de *simple généralité d'ensemble* ou d'*universalité purement notionnelle*, c'est-à-dire l'idée de *totalité* constituée par une simple communauté de nature et d'attributs, sans qu'il s'y ajoute celle de rôle « commun, conjoint et cohérent ».

Il était, par suite, difficile à MAETZNER de se rendre un compte exact de la conception d'esprit qui a fait dire à W. SCOTT : **Catholics**, au lieu

---

[1] Even here, however, cases occur where the totality is indicated by the plural without the article. (Traduction de GRECE, vol. III, p. 157.)

[2] Names of peoples, parties, sects, etc., receive the article when they are referred to determinate individuals or totalities. Totalities denoted by the plural with the article comprise, partly all the individuals of the kind, partly the individuals in their mass coming by anticipation under consideration. Ex. The Romans, the Puritans, the Papists, etc. (Ibid.)

de « the catholics ». alors que, aux yeux de MAETZNER, l'idée de *totalité* devait suffire pour entraîner ici l'emploi de l'article.

Grâce à l'idée de *démarcation subdivisionnaire*, nous savons que si l'illustre romancier a rejeté ici l'article, c'est qu'il n'entendait pas mettre en cause la *collectivité catholique* considérée dans son *identification globale*, dans son *ensemble conjoint et cohérent*, mais uniquement les catholiques considérés au point de vue de la manière de pratiquer la religion de « l'un quelconque ou d'un nombre indéfini quelconque d'entre eux ».

Cette distinction ayant échappé à MAETZVER, il se contente de signaler l'apparente contradiction de l'usage anglais, sans commentaire d'aucune sorte.

Mais ailleurs, et précisément après avoir posé en principe la fonction « *généralisatrice* » de l'article, « aussi bien au *pluriel* qu'au *singulier*, il se hâte d'ajouter un correctif, une contre-indication, qui restreint singulièrement l'application de ce principe paradoxal.

« C'est surtout au *singulier* que cela arrive, » dit-il ; « au *pluriel*, au contraire, pour peu que la notion du genre ou de l'espèce soit en question plutôt que son étendue numérique, l'article est souvent omis » [1].

MAETZVER veut évidemment dire par là que « l'idée de *détermination collective* cesse d'exister en anglais quand la pensée se porte sur la *nature des êtres ou des objets en eux-mêmes,* c'est-à-dire lorsqu'ils sont envisagés au point de vue de leurs attributs propres et essentiels, et non à celui de leur existence collective et globale ».

C'est ce que les exemples cités par lui à ce sujet achèveront de nous démontrer.

a) Creditors have better memories than debtors (PROVERBE).

b) Vipers kill, though dead (SHELLEY).

c) English travellers are the best and the worst in the world (IRVING).

d)   Music that gentlier on the spirit lies
          Than tired eyelids upon tired eyes (TENNYSON).

La pensée s'étend bien, dans ces exemples, jusqu'à l'ensemble général de « tous les créanciers », de « toutes les vipères », de « tous

---

[1] But this chiefly happens in the singular; in the plural, on the other hand, so far as the notion of the kind is more concerned than its numerical extent, the article is often not put. (Traduction de GRACE, vol III, p. 153)

les voyageurs anglais », de « toutes les paupières et de tous les yeux fatigués », mais sans qu'il surgisse pour cela dans l'esprit la moindre idée d'*ensemble réellement collectif et global*, impliquant celle de « rôle commun, conjoint et cohérent ».

On se rappelle qu'il y a un moyen pratique et suffisamment exact de reconnaître l'idée d'*ensemble purement notionnel*, c'est-à-dire simplement général, de celle d'*ensemble réellement collectif et global*. On a vu qu'il suffit pour cela de pouvoir employer en français l'article indéfini *un, une,* ou le partitif *des*. Ex. :

a) « Un créancier a plus de mémoire qu'un débiteur. »

b) « Une vipère tue alors même qu'elle est morte. »

c) « Un voyageur anglais est le meilleur et le pire au monde. »

d) « Une musique qui glisse plus doucement sur l'esprit que des paupières fatiguées sur des yeux fatigués. »

En effet, cette possibilité d'employer les mots *un, une, des,* est une preuve évidente que la pensée s'applique à *l'un quelconque des êtres ou des objets en question*, ou à *un nombre indéfini d'entre eux*, et non à tous en bloc et collectivement.

Or, c'est cette idée de *simple ensemble général et purement notionnel* qui existe en anglais dans la grande majorité des cas de pluralité, lorsqu'ils ne sont pas formellement déterminés. C'est donc cette *indétermination naturelle et persistante de l'idée générale de pluralité* qu'il faut placer au premier rang, contrairement à la manière de voir de MAETZNER, mais conformément aux véritables principes caractéristiques de l'usage anglais.

II. DES CAS DOUTEUX DE DÉTERMINATION COLLECTIVE.

De toutes les subtilités présentées par la question de l'article défini en anglais, il n'en est pas de plus délicate, de plus fuyante, de plus difficile à saisir et à préciser, que la distinction entre l'idée de *simple ensemble notionnel,* et celle d'*identification collective et globale,* cette dernière n'étant constituée, en réalité, que par une *figuration d'ensemble* ou une *localisation en bloc* des choses, dans le cadre familier de nos préoccupations journalières ou de nos connaissances intellectuelles.

Or, cette *figuration d'ensemble*, cette *localisation implicite* des choses, ne dépend d'aucune règle de grammaire, d'aucune loi précise du langage ou de la pensée, mais uniquement de l'aspect sous lequel le rôle des êtres ou des objets se présente à notre esprit dans chaque circonstance donnée ou supposée.

Il y aura donc un grand nombre de cas mixtes et douteux où la mentalité particulière de chacun de nous aura une large part dans l'appréciation de cette situation.

Dans tous ces cas mixtes et douteux, les étrangers feront toujours sagement de pencher vers l'idée d'*indétermination*, plus naturellement en harmonie avec le génie grammatical anglais.

Même pour les Anglais et pour tous ceux dont l'anglais est la langue maternelle, cette règle est encore la plus sûre. C'est celle que recommande l'américain GOULDE BROWN, le plus profond et le plus judicieux des penseurs, en fait de grammaire anglaise.

Sur les 1102 pages in-4° de texte serré que contient sa *Grammaire des Grammaires anglaises*, il n'y a que quelques lignes de consacrées à la question de l'emploi de l'article défini. Mais il se trouve que c'est précisément sur le cas des substantifs pluriels que portent ces quelques lignes.

Il n'y est parlé, à la vérité, ni de pluriels, ni de collectifs. Les recommandations de GOULDE BROWN sont présentées d'une manière tout à fait générale et avec une évidence de vérité qui semble comme un écho des aphorismes du sage LA PALISSE.

Après avoir rappelé sommairement que l'article « sert à restreindre la notion des choses », GOULDE BROWN ajoute simplement ceci :

« Ces restrictions doivent être faites quand il y a lieu de les faire : Mais des restrictions inutiles déplaisent à l'imagination et elles doivent être évitées, attendu que l'esprit se complaît naturellement à des expressions aussi compréhensives que possible[1]. »

Quant à nous dire dans quelles circonstances il faut ainsi éviter de restreindre inutilement la notion des choses, et comment on peut juger

---

[1] **Such limitations should be made whenever there is occasion for them; but needless restrictions displease the imagination and ought to be avoided; because the mind naturally delights in terms as comprehensive as they may be.** (*Grammar of English Grammars*, p. 228, obs. VI.)

On verra par les exemples qui vont être donnés, que BROWN appelle ici des « restrictions » (limitations) ce que MAETZNER appelle, au contraire, des « généralisations ». La vérité, c'est qu'il n'y a dans les cas de détermination collective ni « restriction » ni « généralisation », mais « identification rétrospective et réciproque », c'est-à-dire retour spontané de la pensée vers tout un faisceau de réminiscences concernant une même classe ou catégorie d'êtres ou d'objets, considérés dans leur contraste d'ensemble avec les autres subdivisions d'un « tout » commun.

qu'une telle restriction est utile ou inutile, GOULDE BROWN ne semble
même pas y avoir songé, tant il est vrai que le meilleur grammairien
n'est souvent qu'un mauvais juge des difficultés présentées par sa
langue maternelle. Mais grâce à l'étude approfondie que nous venons
de faire de la question des collectifs, les exemples cités par GOULDE
BROWN nous permettront de compléter sa pensée et son enseignement.

C'est à un confrère qu'il s'en prend, selon sa coutume et selon celle
des grammairiens de tous les temps, s'il faut en croire l'adage emprunté
à HORACE. C'est à LINDLEY MURRAY qu'il reproche un emploi abusif de
l'article, non pas au point de vue de son enseignement, mais dans la
prose même de ce grammairien, qui eut en Angleterre son heure de
célébrité[1].

Les phrases incriminées par G. BROWN sont les suivantes :

That the learners may have no doubt (MURRAY's, *Octavo grammar*, vol. I, p. 81). The business will not be tedious to the
scholars *(ibid.)*. For the information of the learners *(ibid.)*. It
may afford instruction to the learners (*ibid.*, 110). That this is
the case, the learners will perceive by the following exam-
ples *(ibid.*, 326). Some Knowledge of it appears indispensable to the scholars (*ibid.*, 335).

S'il y a ici erreur de la part de MURRAY, c'est une erreur instructive
et précieuse pour cette question des collectifs *(felix culpa !)*, car elle est
l'indice d'une remarquable tendance de la langue à élargir de plus en
plus l'application de l'idée de *détermination collective*, en même temps
qu'elle est une nouvelle confirmation du rôle décisif que joue dans
cette circonstance l'idée de *démarcation subdivisionnaire*.

En effet, si MURRAY a ainsi employé l'article, c'est qu'il était tout
préoccupé du double but qu'il se proposait dans son ouvrage : d'un
côté, plaire aux maîtres, « the scholars » ; de l'autre, être utile aux
élèves, « the learners ». Ces deux catégories de lecteurs lui apparais-
saient donc logiquement comme les deux *subdivisions naturelles* de sa
clientèle, et c'est à ce titre qu'elles *s'identifiaient* à ses yeux, qu'elles
prenaient corps dans sa pensée et s'y transformaient en *entités collectives, distinctes et nettement tranchées,* ayant chacune sa place marquée, et à part, dans le *cadre familier de ses préoccupations*.

Moins intéressé dans la question, G. BROWN n'a point partagé cet
état d'âme; c'est pourquoi il ne s'est point rendu compte du rôle que
jouait ici l'article dans la pensée de MURRAY.

---

1. Il y a un demi-siècle, on ne jurait en Angleterre que par MURRAY, comme en
France par NOËL et CHAPSAL.

Plus indulgents que GOLLDE BROWN, nous accorderons à MURRAY des circonstances largement atténuantes.

Nous serons peut-être plus sévères pour WEBSTER, le grand lexicographe réformateur, qui, dans son dictionnaire si estimé, au mot « trumpeter », nous apprend qu'on entend par là, en ornithologie : « **A bird of south America, somewhat resembling the pheasants and the cranes.** »

Il est heureux que cette phrase ne soit pas tombée sous les yeux de l'intransigeant auteur de la *Grammaire des grammaires anglaises*. Il eût certainement engagé le grand Réformateur à commencer par réformer son style grammatical. Il n'est guère admissible qu'on puisse dire qu'un oiseau, « un seul oiseau », ressemble à « tout un ensemble global et collectif d'oiseaux ». Il eût certainement été plus correct, ou, à tout le moins, plus logique, de prendre une autre tournure, et de dire, par exemple : the trumpeter is a bird resembling the pheasant and the crane ; ou bien : a trumpeter is a bird resembling a pheasant and a crane.

Mais, au pluriel, on aurait pu dire, avec ou sans article : trumpeters are birds resembling (the) pheasants and (the) cranes ; l'article, dans ce dernier cas, servant, non pas à « généraliser » la portée des expressions « the pheasants », « the cranes », mais, au contraire, à préciser l'idée de deux « familles distinctes et reconnues d'oiseaux ».

Ici encore c'est une faute heureuse, si faute il y a, de la part de WEBSTER, puisqu'elle fournit un nouvel indice de ces courants obscurs qui entraînent l'article anglais vers une évolution plus complète de son rôle, sans qu'il cesse pour cela d'être fidèle aux principes fondamentaux de l'idée première et étymologique de la détermination.

---

§ V. Suppression de l'article dans certaines locutions adverbiales, circonstancielles ou commerciales.

Il existe dans toutes les langues des locutions courantes où la suppression de l'article est généralement attribuée au souci de la brièveté. Ce souci y est évidemment pour quelque chose ; mais il est rare qu'il n'y soit pas associé à une idée plus profonde, celle de la notion *pure et simple* des choses, ou de leur *notion simplement partielle,* opposée à leur *notion pleine et entière,* c'est-à-dire *complète et intégrale.*

Quand on dit, par exemple : *sur terre* et *sur mer,* c'est-à-dire « sur un point quelconque de la terre ou de la mer », la notion des choses est moins complète que si l'on dit : *sur la terre* et *sur la mer,* c'est-à-dire « sur la surface entière de la terre ou de la mer ».

Quelque chose d'analogue existe dans l'opposition des deux catégories suivantes de locutions bien connues.

a) At school, to school ; at church, to church ; at market, to market ; to bed, in bed ; at sea, to sea ; on deck, on land ; at hand (à notre portée), to hand (à destination), in hand (en mains d'ouvriers), on hand (en magasin) ; hand in hand ; from hand to mouth (au jour le jour), etc.

b) At the school, to the school ; at the church, to the church ; to the bed, in the bed ; on the sea, to the sea ; on the deck ; by the hand (lait à la main), etc.

*

On pourrait également trouver une application du principe général d'indétermination en anglais dans certaines locutions commerciales : Coffees are looking up. — Sugars are declining. — Cottons are steady, in brisk demand, slack, little inquired after, etc.

Il s'agit évidemment des sucres, des cafés et des cotons qui sont sur le marché ; mais, même là, ces sucres, ces cafés, ces cotons, forment un ensemble général et indélimité, où prédomine cette idée d'absence de *bornes* ou de *limites* qui constitue la base fondamentale de l'*indétermination* en anglais.

.

Dans certaines locutions circonstancielles de temps, comme last year, last week, next month, last autumn, c'est uniquement par abréviation que l'article disparaît. (Il en est de même en allemand : voriges Jahr, nächsten Winter.)

En anglais, on peut même supprimer l'article devant next et last, sans qu'il y ait locution circonstancielle : Last year ou the last year

was particularly eventful. — Dans ce cas, l'expression **last year**
est presque un nom propre composé, comme **last Sunday,** quand on
dit : **Last Sunday was a very rainy day.**

.*.

Il existe, en outre, dans toutes les langues, des locutions où le sens
n'a jamais permis d'introduire l'article.

Ex. : **To take root,** prendre racine; **to take care,** prendre soin,
prendre garde; **to make room,** faire place; **to take heart,** prendre
courage; **to lose patience,** perdre patience, etc.

C'est ce qui arrive surtout lorsque le substantif fait corps avec le
verbe et forme avec lui l'équivalent d'un seul mot.

Ex. : **To do honour,** faire honneur, honorer; **to lay hold of,**
s'emparer; **to give way,** céder, faiblir, etc.

CONCLUSION

Si les particularités du langage sont une des caractéristiques les plus
décisives de l'esprit des peuples et du génie propre des races, on est
en droit de voir dans le système d'emploi de l'article, en anglais, une
des manifestations de cet esprit positif, exact et réfléchi, qui distingue
la race anglo-saxonne, et qui lui a valu son incontestable prééminence
industrielle et commerciale, et sa prodigieuse expansion à travers le
monde.

Une étude approfondie de cette mentalité particulière et un examen
attentif des conceptions d'esprit par lesquelles elle se traduit dans la
question de l'article, nous a permis de trouver la loi des divergences
de l'usage anglais, et, par suite, la solution pratique des difficultés qui
en résultent.

C'est ainsi que nous sommes parvenus à établir la formule de cette
idée de *détermination réelle,* c'est-à-dire interprétée *étymologiquement,* qui compte seule en anglais.

Dans toutes les autres langues, l'article est presque devenu une
superfétation, un auxiliaire banal du substantif, un mot sans signification précise, sans rôle nettement caractérisé.

La grammaire de Port-Royal ne prétendait-elle pas que l'article servait à marquer en français la déclinaison du substantif, comme équivalent des désinences casuelles du latin[1]?

Nos instituteurs de village n'enseignent-ils pas le plus souvent que l'article sert à marquer le genre et le nombre des substantifs?

Les professeurs de nos lycées et de nos collèges affirment, il est vrai, que l'article sert à marquer les substantifs pris dans un sens déterminé; mais se préoccupent-ils d'expliquer comment cette défini-tion du rôle de l'article peut se concilier avec son emploi dans l'ex-pression d'une notion pleinement et complètement générale, c'est-à-dire pour désigner une chose quelconque ou un ensemble indéfini d'êtres ou d'objets, à la seule condition que cette chose, ces êtres ou ces objets, soient considérés *«pleinement et complètement en eux-mêmes et dans toute l'étendue de leur notion»*?

Nous avons vu que la clef de l'énigme se trouve précisément dans cette idée d'*intégralité notionnelle,* qui apparaît comme *déterminée en elle-même* partout sur le continent, tandis qu'elle reste indéterminée en anglais.

Mais alors surgit en français une nouvelle source de difficultés pour les étrangers : le conflit incessant qui existe entre cette idée d'*intégra-lité notionnelle,* et celle de la *notion partielle* ou de la *notion partitive* des choses.

On dit : « S'adonner à l'agriculture, faire de l'agriculture, s'occuper d'agriculture, ne parler qu'agriculture. »

On dit : « L'hydrogène et l'oxygène forment de l'eau, ou : se com-binent en eau. »

On dit : « Le pain se fait avec de l'eau et de la farine, ou : le pain est fait d'eau et de farine. »

On dit : « Il faut travailler avec courage pour réussir; avec du courage on est sûr de réussir ; le courage mène à la réussite. »

Rien de ces complications, de ces contradictions apparentes, n'existe dans l'usage anglais. Dans toutes ces phrases, c'est l'*indéter-mination* qui s'impose uniformément, parce que la notion des choses y est également imprécisée, indélimitée.

L'article a donc en anglais un rôle infiniment plus effectif que dans les autres langues. Il est impossible, par exemple, de l'employer avec des mots tels que water, time, life, art, trade, etc., sans qu'il s'agisse d'une « certaine eau » ou d'une « certaine portion d'eau » ;

[1]. C'est naturellement l'article combiné avec l'emploi des prépositions à et de, que la grammaire de Port-Royal avait en vue : Le père, du père, au père, etc. Les pères, des pères, aux pères, etc.

d'un « certain laps de temps » ou d'une « certaine époque » ; de la vie d'un « certain être » ou de « certains êtres »; d'un « certain art », ou d'un « certain commerce » en particulier.

Si, par exemple, on rencontre l'expression « the trade » dans une lettre commerciale, cette expression ne pourra désigner qu'une « certaine branche particulière de commerce », celle qui concerne l'auteur de cette lettre ou ses correspondants [1].

Bien plus, il suffit d'appuyer sur l'article the, de le souligner par la voix ou par écrit, pour lui rendre toute son énergie démonstrative originelle.

Le prophète NATHAN, après avoir raconté à DAVID la parabole de l'homme riche et puissant qui enlève à un voisin pauvre et sans défense son unique brebis, lui dit : thou art the man, « c'est toi qui es cet homme », c'est-à-dire « l'homme indigne et criminel que je viens de décrire ».

Et pourtant, malgré cette précision du rôle de l'article anglais, il existe, ainsi que nous l'avons vu dans le cours de cette étude, de nombreuses catégories de circonstances où son emploi en anglais peut coïncider, ou sembler coïncider, avec la notion pleinement et complètement générale des choses, mais où intervient, en réalité, quelqu'une des nuances subtiles et inattendues de l'idée de détermination, telle qu'il faut l'entendre en anglais.

Il est impossible à l'étudiant étranger de se reconnaître dans le dédale de ces complications, s'il ne possède pas une formule exacte et décisive lui permettant de distinguer avec certitude ce qui doit être considéré comme déterminé en anglais, malgré l'apparente généralité de la pensée.

Cette formule, il la trouvera toujours dans l'idée de *détermination*, ramenée à son interprétation originelle et étymologique, c'est-à-dire à l'idée de *bornes* ou de *limites*, et, par suite, de *délimitation*, d'*identification*, de *localisation* et de *classification*, comme on l'a vu dans le courant de cette étude.

En effet, bien loin que cette idée de *détermination* soit devenue impropre à servir de base à la théorie de l'emploi de l'article, il suffit au contraire, d'un côté, qu'on la restreigne, en anglais, à ces diverses nuances qu'elle comporte étymologiquement ; d'un autre côté, qu'on l'étende, dans les autres langues, jusqu'aux limites extrêmes et idéales

[1]. I will use my best endeavours to bring your articles under the notice of the trade, je ferai tous mes efforts pour faire connaître vos articles à tous les commerçants de « la partie ».

de la notion des choses, pour que tout s'éclaire et s'harmonise dans cette question de l'article, dont il est impossible de supprimer les difficultés et les complications, puisqu'elles forment une des particularités constitutives de l'usage dans les diverses langues, mais dont les obscurités et les contradictions apparentes s'évanouissent à la lumière d'une théorie exacte et solidement établie.

Ainsi se trouve renouée la chaîne intellectuelle qui nous unit aux premiers grammairiens, dont la pensée profonde et presque divinatrice a découvert le rapport logique de l'idée de détermination et de celle de désignation démonstrative, exprimée par l'article défini, et su caractériser, par une terminologie décisive, le rôle de cette subtile et minuscule partie du discours.

L'article et les noms propres
ou les noms assimilés à des noms propres.

§ I. Noms propres au singulier.

I. VÉRITABLES NOMS PROPRES.

En principe, un véritable nom propre, par cela même qu'il désigne nécessairement et exclusivement une certaine personne ou un certain objet en particulier, n'a pas besoin d'article pour marquer cette idée de détermination.

L'article s'employait néanmoins en grec pour désigner un personnage particulièrement connu : ho Socrates.

Il en est jusqu'à un certain point de même en allemand [1], surtout dans le langage familier.

On dit également en italien : Il Tasso, la Flammetta, usage qui s'est conservé ou qui a été imité en français pour quelques-uns de ces noms italiens (le Dante, le Tasse, la Patti), mais non en anglais (Dante, Tasso, Madame Patti).

En anglais, cependant, il existe quelques traces d'un ancien usage de ce genre : the Douglas (Scott), the Hotspur (Shaks).

L'article s'emploie d'ailleurs en anglais comme dans les autres langues devant les noms propres de personnes, lorsqu'ils sont accompagnés d'un adjectif qualificatif, cet article servant à appeler l'attention sur la qualification donnée au personnage : the venerable Bede, the illustrious Washington.

---

[1] Der Tell Gefangen abgeführt ! (Schiller.) Tell emmené prisonnier' Der Friedrich ist abgereist. Notre Frédéric est parti. — On sait que l'article se joint, en outre, aux noms propres étrangers indéclinables, surtout pour marquer le génitif Der Tod des Achilles.

Pourtant, s'il s'agit d'une qualification familière, comme good, honest, poor, lazy, l'article peut se supprimer, cette qualification cessant alors d'être « emphatique » et se confondant avec le nom propre. De là, poor squirrel, dans Miss EDGEWORTH, c'est-à-dire « notre pauvre ami l'écureuil ».

II. NOMS COMMUNS TRANSFORMÉS EN NOMS PROPRES.

Les mots suivants sont traités comme de véritables noms propres en anglais, et, par suite, employés sans article :

Apocalypsis or Revelation, l'Apocalypse; Scripture or Holy Scripture, or Holy Writ, la Sainte Écriture, les Livres sacrés[1]; Genesis or the book of Genesis, la Genèse; Exodus or the book of Exodus, l'Exode; Deuteronomy, le Deutéronome; Leviticus, le Lévitique; Numbers, les Nombres.

Mais on dit avec l'article, à cause du pluriel qui réveille l'idée d'un nom commun à plusieurs choses : the Scriptures, the Holy Scriptures; et à cause du sens étymologique de ces mots : the Bible (le livre par excellence); the Pentateuch (les cinq livres attribués à Moïse); the Gospel (l'Évangile, la bonne nouvelle, ou, plus vraisemblablement, l'histoire de Dieu).

III. NOMS DE LANGUES.

Les noms de langues sont ordinairement traités comme des noms propres, en anglais, c'est-à-dire employés sans article, et écrits avec une majuscule.

Ex. : Can you speak French, savez-vous parler français? Do you understand German, comprenez-vous l'allemand? Anglo-Saxon, French and Latin have contributed in unequal proportions to the formation of English, l'anglo-saxon, le français et le latin ont contribué en proportion inégale à la formation de l'anglais.

Comme on le voit par ces exemples, ce n'est qu'après le verbe *parler* que les noms de langues se distinguent, en français, des autres noms communs.

[1]. On trouve cependant parfois : the Scripture. Ex.: It is in the Scripture (STERNE).

La langue anglaise suit d'ailleurs l'usage français quand il est question de la dérivation d'un mot ou d'une expression. Ex. : This word comes from the Latin, c'est-à-dire from the corresponding Latin expression.

Il en est parfois de même, quand il s'agit de la traduction d'un passage ou d'un ouvrage. Ex. : This passage is a translation from the Latin c'est-à-dire from the Latin original.

Mais s'il s'agit purement de traduire une langue dans une autre, on supprime l'article en anglais. Ex. : It is more difficult to translate English into French than French into English.

Les mots Grammar, History and Literature, précédés d'un adjectif de nationalité, sont généralement employés en anglais sans article : English Grammar, Roman History, French Literature.

En réalité, ces mots ne font que suivre la règle générale d'indétermination en anglais, la grammaire anglaise, l'histoire romaine et la littérature française, ne présentant respectivement à l'esprit que l'idée d'une science abstraite.

IV. Noms propres complexes.

Le principe de la suppression de l'article devant les noms propres en anglais s'étend aux noms propres précédés d'un nom de titre faisant en quelque sorte corps avec eux.

Ex. : King Edward VII, Queen Alexandra, Prince Albert, Duke William, General Kitchener, Colonel Brown, Captain Scott, Corporal Trim, Pope Gregory, Cardinal Wiseman.

V. Noms propres géographiques.

Ce qui est surtout caractéristique de l'usage anglais, c'est l'assimilation des noms propres géographiques aux noms propres de personnes par la suppression de l'article.

Ex. : France, England, Sicily, Vesuvius, Etna [1], etc.

A l'inverse de se qui se passe pour les noms propres de personnes,

---

[1]. Les mots heaven, hell, purgatory, et parfois le mot earth, sont assimilés à des noms propres de lieu. (On sait qu'il en était de même en grec pour ouranos, gê, thalassa, okeanos, hélios.) Dans la Bible on trouve heaven et the heaven, earth et the earth.

la présence d'un adjectif qualificatif n'empêche pas la suppression de l'article devant un nom propre géographique anglais.

Ex. : Old England, Merry England, Ancient Rome, Modern Athens[1].

Le principe de la suppression de l'article avec les noms propres géographiques anglais s'étend aux noms complexes, tels que :

a) Cape-Horn, Cape-Town (la ville du Cap), Cape Land's end ; Lake Leman, Mount Blanc, Mount Etna[2].

b) Westminster Abbey, Hampton Court, Windsor Castle, Cremorne Garden, Covent Garden, Oxford Circus, Leicester Square, Grosvenor Terrace, Somerset House, Mansion House, Waterloo Road, Waterloo Bridge, Albert Gate, etc.

---

§ II. — Noms servant de noms propres sans être complètement transformés en noms propres.

L'article s'emploie en anglais, comme dans toutes les autres langues, devant certains noms singuliers servant de noms propres pour désigner certains pays ou objets, à savoir :

1° Quelques pays étrangers, en raison de diverses particularités d'origine ou d'étymologie :

Ex. : The Levant, the Carnatic; the Palatinate (sous-entendu : country); the Morea, the Crimea, the Sahara (en arabe : le le désert ou les déserts); the Ukraine, the Soudan, the Penjaub (en Hindoustani : les cinq vallées), the Cape ou Cape Colony (le Cap, la colonie de ce nom), etc.

2° Les chaînes de montagnes, en raison des mots range ou « mountains », sous-entendus :

The Caucasus, the Atlas, the Ural, the Himalaya ou the Himalayas, the Jura, the Apennine.

1 On dirait cependant : the modern Athens, en parlant d'Edimbourg ou de toute ville autre que la véritable ville moderne appelée de ce nom Le mot Athens cesse alors d'être un nom propre, puisqu'il devient commun à plusieurs villes.

2 Il va sans dire que l'article reparaît devant les mots cape et lake, lorsqu'ils sont suivis de of : the cape of Good Hope, the lake of Geneva.

On peut d'ailleurs toujours faire suivre ces noms des mots range ou mountains[1] :

The Atlas range, the Atlas mountains. (Le mot Atlas, seul et sans article, serait la montagne fabuleuse, supposée se dresser, unique, pour soulever le ciel.)

3° Les noms de mers, de fleuves, de rivières, en raison des mots sous-entendus river, sea, ocean[1].

Ex. : The Thames ou the Thames river, ou the river Thames ; the Severn, the Rhine, the Mediterranean, the Atlantic.

4° Les noms propres de poèmes ou de livres, en raison des mots book ou poem, sous-entendus[1] :

Ex. : The Æneid, the Iliad, the Dunciad.

Si, cependant, on donne pour titre à un ouvrage un simple nom commun, ou un nom propre de personne, ou un nom géographique, il faut se conformer aux règles ordinaires de ces diverses catégories de noms :

Ex. : Paradise Lost, Comus, Lycidas, Amster Fair, The Sensitive Plant.

C'est donc par erreur qu'un éditeur français a donné pour titre au poème de MILTON : The Paradise Lost.

On ne peut se servir de l'article dans ce cas que si le mot the comporte un sens voisin de celui de son, sa, ses.

Ex. : Milton was already advanced in years when he wrote The Paradise Lost (c'est-à-dire son Paradis Perdu, dont chacun est supposé avoir entendu parler).

Milton attended in the Comus to the distinction he afterwards neglected in the Samson (GOLDSMITH).

5° Les noms propres de vaisseaux et de théâtres, à quelque classe de substantifs qu'ils soient empruntés, prennent l'article en raison des mots ship ou vessel et theatre, qui se présentent spontanément à la pensée[1].

Ex. : The Hope, the Endeavour, the Revenge, the Formidable, the Suzannah, the Globe, the Adelphi, the Alhambra.

---

1. L'article ne se rapporte pas à ces mots sous-entendus, puisqu'ils sont inexistants ; mais c'est la possibilité de les sous-entendre qui explique le caractère déterminé des concepts en question. Ainsi, une chaîne de montagnes est considérée comme déterminée par l'idée de *localisation*, c'est-à-dire en raison de son rôle dans la configuration du ce globe qu'elle diversifie. Quant aux noms de mers, de fleuves, de rivières, de poèmes, de livres, de vaisseaux, de théâtres, si l'on emploie l'article, c'est parce qu'il s'agit, en réalité, de quelque chose de *déterminé en soi*, sans que l'objet en question soit suffisamment personnifié pour que son nom soit considéré comme un véritable nom propre.

Mais on supprime l'article devant les noms de vaisseaux, comme devant tout autre nom, lorsqu'on se sert des prépositions latines *per* et *ex*.

Ex. : Nous avons reçu un envoi en consignation par le Washington. **We have received a consignment of goods per Washington** ou **by the Washington.** Vous avons vendu les cotons reçus par la Fleur-de-Mai. **We have sold the cottons ex May-Flower,** ou **arrived by the May-Flower.** Je vous écrirai de nouveau par le paquebot Persia des Messageries royales. **I will address you again per Royal Mail Steamer Persia.**

6° Les titres de journaux prennent aussi l'article, pour peu que le sens le permette.

Ex. : **The Times, the Epoch, the Truth, the Graphic, the Daily Telegraph, the Morning Post,** etc.[1].

---

§ III. Noms propres au pluriel.

Les noms propres au pluriel, par cela même qu'ils sont au pluriel, redeviennent des noms communs à plusieurs êtres ou objets; ils rentrent, en conséquence, dans le régime des noms communs.

Ils prennent l'article, en anglais comme dans les autres langues, s'ils désignent certains êtres ou objets déterminés, ou certains groupes déterminés d'êtres ou d'objets.

Ex. : **The British Isles ; the Pyrenees.**

Si le pluriel n'est qu'apparent, il ne faut pas en tenir compte en anglais.

Ex.: Les Corneille et les Racine ont illustré la scène française. **Corneille and Racine have illustrated the French stage.** Demandez aux Shakespeare, aux Hugo, les règles du drame moderne. **Ask a Shakespeare, a Hugo, for the rules of the modern drama.**

Barbadoes is a small island. — Flanders belongs partly to France, partly to Belgium.

Wales is a part of Great Britain.

---

1. **The Times** (c'est-à-dire les temps ou les époques que nous traversons successivement); **the Truth** (c'est-à-dire la vérité sur les événements contemporains)., etc
Mais on écrit : **Tit-bits,** miettes, **Snap-shots,** instantanés, etc., parce que ces mots expriment l'idée d'une pluralité « partitive et indéfinie »

§ IV. Suppression de l'article et emploi du cas possessif en anglais dans les noms de rues et d'édifices publics.

Dans toutes les langues il existe une tendance bien marquée à supprimer l'article devant les mots « *rue* », « *avenue* », « *place* », « *cours* », etc., précédés ou suivis d'un autre nom, ou même d'un adjectif, et servant avec lui de nom propre, pour désigner une voie, un édifice ou un endroit public quelconque.

En français, cependant, cet usage est restreint à l'indication d'une adresse ou d'un renseignement analogue : Je demeure rue Littré, avenue de Wagram, place Saint-Georges, Grand'rue, etc.

Dans les autres cas on suit les règles ordinaires : Ex. : La rue Littré est une rue retirée et tranquille.

En anglais, tous ces noms de *rues*, de *places*, d'*édifices* publics suivent, comme on l'a déjà vu, la règle des *noms géographiques complexes*, c'est-à-dire que l'article y est supprimé dans toutes les circonstances.

Ex. : Regent Street is « the Rue Royale » of London. La rue du Régent est la « rue Royale » de Londres. Golden Square is a quiet secluded place on the way of nobody going anywhere. La « place Dorée » est un endroit tranquille et retiré, qui ne se trouve sur le chemin de personne pour aller n'importe où.

On dit de même : High Street, Broad Street, au lieu de the High Street, the Broad Street; Queen's Hotel, au lieu de the Queen's Hotel; Regent's Park, au lieu de the Regent's Park.

Mais ici intervient la question du cas possessif[1] dont l'emploi ou la suppression donne lieu à d'intéressantes observations.

On dit : Regent Street et Regent's Park; Charles Street et St. James's Street; Victoria Station et Queen's Hotel.

---

1. On sait que, en anglais comme en allemand, le substantif qui suit le cas possessif ou génitif ne peut pas être précédé de l'article, rendu inutile, comme signe de désignation démonstrative, par la présence même de ce génitif ou possessif.

Il n'en était pas de même en grec. Non seulement on pouvait dire : hê tou Sokratous sôphrosunê, aussi bien que : hê sôphrosunê tou Sokratous; mais on pouvait même redoubler l'emploi de l'article pour donner plus de force à l'idée démonstrative hê sôphrosunê hê tou Sokratous, la sagesse ou cette sagesse bien connue de Socrate.

Pour expliquer ces contradictions apparentes il suffit de distinguer les différentes catégories de noms qui servent ainsi à désigner des endroits publics. On peut les répartir en trois catégories, comme ci-après :

I. NOMS DE SAINTS ET TITRES ROYAUX OU PRINCIERS SERVANT A DÉSIGNER UN ENDROIT PUBLIC.

Seuls, les noms de *saints* et les mots **King, Queen, Regent, Prince, Princess** et **Christ,** ont droit au cas possessif, comme si les *saints*, les *rois*, les *reines*, les *princes de sang*, et le *Christ,* avaient seuls reçu la pleine et entière propriété des endroits ou monuments désignés par leurs noms.

Ex. : **St. James's Street, St. James's Square, St. James's Church, St. James's Palace, St. James's Hall, St. John's Wood, King's College, Regent's Park, Prince's Street, Princess's Theatre, Queen's Hotel,** etc.

Le principe de cet usage semble un écho lointain des anciennes coutumes religieuses et féodales, où l'on ne pouvait guère posséder le moindre domaine sans en faire hommage au souverain, ou à l'église, ou à quelque abbaye.

Dans la pratique, cet emploi du cas possessif est soumis à une restriction importante et bien naturelle : il n'est de rigueur que si l'*s* du cas possessif peut se faire entendre dans la prononciation. Dans le cas contraire, il devient évidemment inutile de marquer le cas possessif par l'écriture.

C'est ce qui arrive lorsque le mot suivant commence par un son sifflant : **street, square, circus.**

C'est ainsi qu'on a pris l'habitude d'abréger **Regent's Street** et **Regent's Circus,** en **Regent Street** et **Regent Circus,** la prononciation de l'une et l'autre manière d'écrire étant pratiquement la même.

Il y a à Londres dix-sept *rues du roi* et presque autant de *rues de la reine.* La moitié environ de ces rues est désignée dans les annuaires à l'aide du cas possessif, en souvenir inconscient de l'usage primitif. Dans les autres, l'*s* du cas possessif a été supprimé, sans doute par un sentiment tout aussi inconscient de son inutilité dans la prononciation.

II. Le cas de saint Pancras.

Un seul nom de *saint* est privé du cas possessif, bien qu'on puisse le faire entendre dans la prononciation, c'est *St. Pancras*. L'usage veut qu'on dise : St. Pancras Church, St. Pancras Station, St. Pancras Garden, alors que l'on dit : St. Thomas's Hospital, et que l'on dirait : St. Thomas's Garden, St. Thomas's Church, et St. Thomas's Station.

Cette bizarrerie peut s'expliquer par un simple lapsus populaire. N'a-t-on pas confondu, à l'origine, l'*s* terminal du mot *St. Pancras* avec l'*s* du cas possessif, c'est-à-dire *St. Pancras* avec *St. Pancra's*? Combien peu de gens du peuple, voire même en dehors du peuple, se sont préoccupés, à l'origine, de savoir s'il s'agissait d'un saint nommé *Pancra* ou *Pancras*[1]? Même de nos jours, combien de gens ignorent ce que *St. Pancras* a pu faire dans l'histoire ou dans la légende!

C'est vraisemblablement ce manque de notoriété qui est la cause première de la mésaventure arrivée à *saint Pancras*, mais épargnée à l'incrédule *saint Thomas*, l'orthographe et la prononciation du nom de ce dernier étant beaucoup mieux connues, en raison même de son incrédulité légendaire.

III. Simples noms de personnes servant a désigner un endroit public.

En dehors des noms de *saints* ou de ceux qui constituent un titre *royal* ou *princier*, aucun nom de personne, sauf le mot *Christ*, n'a droit au signe possessif, lorsqu'il s'agit de la dénomination des rues ou autres endroits publics ou même particuliers.

Ainsi, l'on dit : Charles Street, parce que *Charles* n'est pas un nom de *saint*, tandis que l'on dirait : St. Charles's Street, s'il y avait une rue dédiée à *saint Charles*.

C'est pour la même raison que l'on dit : Victoria Station, Victoria Hotel, Victoria Park, alors qu'il faut dire : Queen's Hotel, Queen's Park, etc.

Cette règle s'applique même au mot Jésus : Jesus College, et à l'expression Christchurch, sans doute à cause de la difficulté de

---

1. N'écrit-on pas en français *Pancrace*? Preuve évidente de l'incertitude qui existe quant à la véritable orthographe de ce nom

prononcer ici un *s* additionnel, entre les combinaisons de consonnes *st* et *ch*. Mais dans les autres cas, le mot *Christ* a joui du même privilège que les noms de saints : Christ's hospital, Christ's college.

On hésite dans certaines expressions géographiques : Prince Edward Island, ou Prince Edward's Island ; Hudson Bay ou Hudson's Bay ; Vancouver Island ou Vancouver's Island.

Cette hésitation de l'usage, quand il s'agit d'expressions géographiques, a une cause rationnelle. Elle provient de ce que les deux principes de dénomination que nous venons de constater dans la pratique anglaise leur sont également applicables.

En effet, d'un côté, lorsqu'on prenait possession d'une région nouvellement découverte, le cas possessif s'imposait tout d'abord, en vertu même de cette prise de possession : Hudson's Bay, Vancouver's Island.

D'un autre côté, le nom ainsi donné ne devenait bientôt qu'une simple appellation, et l'on disait Hudson Bay, Vancouver Island, comme on eût dit Hudson Park ou Vancouver Hotel, et comme on dit Victoria Park, Victoria Hotel.

C'est cette seconde alternative qui devrait être définitivement adoptée pour ne pas consacrer des exceptions inutiles.

Quant à l'hésitation de l'usage anglais dans la question des noms de rues, aucune étude méthodique de cette question n'ayant été faite en Angleterre, il en est résulté que les peintres en bâtiment, chargés de l'inscription des noms de rues, et les typographes, chargés de la confection des annuaires d'adresses, sont restés abandonnés à leur inspiration. Ils ont, en conséquence, employé ou supprimé le cas possessif à tort et à travers, sans qu'on doive rien en conclure, ni se préoccuper de leurs fantaisies orthographiques.

Appendice II

Syntaxe de l'article défini.

§ I. Répétition ou non-répétition de l'article défini.

A. — **La** langue anglaise étant la seule où l'article, ainsi que les adjectifs qualificatifs et la plupart des adjectifs déterminatifs, soient invariables, au moins pour ce qui concerne le genre ou le nombre, il en résulte qu'elle se trouve dans une situation tout à fait à part, relativement à la répétition ou à la non-répétition de ces diverses catégories de mots.

Dans les autres langues, il faut les répéter à chaque instant, sans aucune nécessité intellectuelle ou logique, mais uniquement à cause des changements de désinence exigés par le genre, le nombre et le cas.

Ex. : Mon bon père, ma bonne mère, mes bons frères, nos bonnes sœurs [1].

En anglais, les mêmes mots **my good** s'appliquent également bien au singulier et au pluriel, au masculin et au féminin, c'est-à-dire à **father** et à **mother**, à **brothers** et à **sisters**.

C'est pourquoi, en anglais, on ne répète ni l'article, ni les déterminatifs, ni les qualificatifs, quand il n'existe aucune nécessité intellectuelle de le faire, c'est-à-dire quand les êtres ou objets en question sont naturellement associés dans la pensée.

Ex. : **The father and mother of this child; his uncle and aunt; his ou her brothers and sisters.** Le père et la mère de cet enfant ; son oncle et sa tante ; ses frères et ses sœurs [2].

Lorsque, à l'article ou à un déterminatif quelconque, se joint un

---

[1] Exceptionnellement, dans le style judiciaire, on dit : les père et mère, les oncle et tante, etc.

[2] L'article indéfini anglais ne suit cette règle que lorsqu'il doit rester invariable : Ex. : **Get me a horse and carriage**, procurez-moi une voiture avec un cheval (une voiture attelée). **Give me a knife and fork**, donnez-moi un couvert.

On dira donc dans toutes les circonstances **a horse and an ass**. Toutefois, adjectif qualificatif, le déterminatif et l'adjectif ne peuvent se sous-entendre que s'ils appartiennent en commun à tous les substantifs.

Ex.: **The poor old man and woman.** Le pauvre vieillard et la pauvre vieille femme. **My good uncle and aunt,** mon bon oncle et ma bonne tante. **His or her young brothers and sisters,** ses petits frères et ses petites sœurs.

Dans le cas contraire, il faut répéter l'article ou les autres détermi-natifs.

Ex.: **The poor old man and the woman,** le pauvre vieillard et la femme. **My good father and my old servant,** mon bon père et mon vieux serviteur.

The black and the white horse, ou **the black horse and the white one,** le cheval noir et le blanc. **The black horses and the white ones,** les chevaux noirs et les blancs.

Quand le substantif qui devrait être répété est au singulier, on peut ne pas répéter l'article, et mettre le substantif au pluriel, mais à la condition qu'il n'en résulte aucune équivoque.

Ex.: **The nominative and objective cases,** ou **the nomi-native and the objective case,** le cas nominatif et le cas objectif.

The new and old Testaments, ou **the new and the old Tes-tament,** le nouveau et l'ancien Testament.

The first, second and fifth editions, ou **the first, the second and the fifth edition,** la première, la seconde et la cinquième édition.

Mais on ne pourrait pas sous-entendre l'article dans des phrases telles que celle-ci:

The black and the white horse, puisque si l'on disait: **the black and white horse** on devrait comprendre qu'il s'agit d'un seul cheval à la fois *noir et blanc,* c'est-à-dire *pie,* et non de deux chevaux, l'un, noir, et l'autre, blanc.

De même, on ne pourrait pas sous-entendre l'article dans des phrases telles que celle-ci :

The black and the white horses, puisque si l'on disait: **the black and white horses,** on devrait comprendre qu'il s'agit de chevaux *pies,* c'est-à-dire à la fois *noirs et blancs,* et non pas, d'un côté, de chevaux noirs, et de l'autre, de chevaux blancs.

---

même lorsque l'article devrait changer, il ne le fait pas, s'il désigne un seul et même individu. Ex.: **Froissart, an early French chronicler and poet.** La répétition de l'article dans ce cas ferait supposer qu'il s'agit de deux individus : de Froissart, d'un côté, et d'un poète, de l'autre.

B. — Avec un cas possessif l'article et les autres déterminatifs ne se répètent pas s'il s'agit d'une possession commune. Ils se répètent dans le cas contraire :

The King and Queen's carriage has come round, la voiture du roi et de la reine est avancée.

The King's and the Queen's carriage have come round, la voiture du roi et celle de la reine sont avancées.

The King and Queen's carriages have been sold, les voitures du roi et de la reine ont été vendues.

The King's and the Queen's carriages were sent to the coach-building show, les voitures du roi et celles de la reine furent envoyées à l'exposition de carrosserie.

The King and the Queen's carriage have arrived, le roi et la voiture de la reine sont arrivés[1].

.*.

C. — Lorsqu'il s'agit d'êtres ou d'objets qui ne sont pas associés naturellement par le sens, et, à plus forte raison, s'il s'agit d'êtres ou d'objets mis en contraste ou en opposition intentionnelle, il convient toujours de répéter l'article et les autres déterminatifs, voire même les prépositions.

C'est ce qui arrive surtout avec les expressions corrélatives **both... and; neither... nor; whether... or; from... to.**

En conséquence, le grammairien G. BROWN[2] voudrait qu'on répétât non seulement l'article, mais encore les prépositions dans les phrases suivantes :

Its influence is likely to be considerable, both on the morals and (on the) taste of a nation. (BLAIR's *Rhetoric*, p. 373)[3].

The subject afforded a variety of scenes both of the awful and (of the) tender kind (*ibid.*, p. 439).

---

1 Cette phrase absurde n'est donnée ici que pour la démonstration du principe grammatical.
   Ce principe s'appliquerait à un déterminatif quelconque, tel que l'adjectif possessif, l'adjectif démonstratif, etc.
   My uncle and aunt's carriage.
   My uncle's and my aunt's carriage.
   My uncle and aunt's carriages.
   My uncle's and my aunt's carriages.
   My uncle and my aunt's carriage.
2. G BROWN's *Grammar of English Grammars*, 10ᵉ édition, New-York, 1871.
3 Les mots entre parenthèses n'existent pas dans les textes originaux ; leur introduction est un amendement de GOULD BROWN.

Nouns are used either in the singular or in the plural number, ou in either the singular or the plural number, et non both in the singular and plural numbers, et encore moins, comme l'a écrit BLAIR : both in the singular and plural number (BLAIR's *Grammar*, p. 11).

The question is not whether the nominative or (the) accusative ought to follow the particles « than » or « as » (CAMPBELL's *Grammar*).

Hence arises the necessity of a social state to man, both for the unfolding and (for the) exerting of his noble faculties (SHERIDAN's *Elocution*, p. 147).

Whether the subject be of the real or (of the) feigned kind (BLAIR's *Rhetoric*, p. 154).

Both the rules and (the) exceptions of a language must have obtained the sanction of good usage (HILEY's *Grammar*).

---

§ II. Suppression de l'article dans les énumérations.

Dans toutes les langues, il existe une tendance plus ou moins marquée à supprimer l'article dans les énumérations : Femmes, enfants, vieillards, tout fut massacré. Women, children and old people, all were slaughtered.

Ce n'est pas seulement au souci de la concision que cette suppression doit être attribuée; elle résulte bien plutôt du contraste établi par cette accumulation d'êtres ou d'objets, ce contraste ayant pour effet de faire prédominer l'idée de la nature propre et respective des choses considérées en elles-mêmes et abstractivement, en rejetant au second plan celle des circonstances déterminatives où elles figurent.

En anglais et en français, toutefois, l'article ne se supprime guère dans une énumération que si les différents substantifs accumulés sont remplacés dans leur rôle grammatical par un collectif d'ensemble, tel que all, every body, every thing, ainsi qu'on l'a vu dans l'exemple ci-dessus.

Dans le cas contraire, l'article s'exprimerait une première fois, mais ne se répéterait pas en anglais, si du moins les êtres ou les objets énumérés se trouvaient naturellement associés dans la pensée : The grocers', butchers', fruiterers' shops were thronged with customers (W. IRVING).

Si l'association d'idées n'était due qu'à une circonstance acciden-
telle, sans que les différents êtres ou objets énumérés soient représen-
tés par un collectif, l'article devrait se répéter, en anglais comme en
français : **The women, the children, the aged and infirm people
were all slaughtered** [1].

---

§ III. Rétablissement en anglais de l'article supprimé dans les autres langues.

Quand un article, aussi bien indéfini que défini, peut être supposé
sous-entendu en français, ou dans une autre langue, il doit, en principe
se rétablir en anglais :

C'est ce qui arrive devant les mots en apposition ou figurant comme
attributs.

Ex : Un tel, fils d'un tel, **So and so, the son of So and so.**

Jacques Necker était fils de Charles Necker, **Necker, James, was
the son of Charles Necker** (MAUNDER'S).

Il était chef d'une troupe de brigands, **he was the chief of a pack
of highwaymen.**

Victoria, nièce de William IV, succéda à son oncle sur le trône, **Victoria, the niece of William IV, succeeded her uncle to the
throne.**

Walter Scott, auteur de poèmes et de romans connus et célèbres
dans le monde entier, fut fait baronnet en 1820, **Sir Walter Scott, the
author of world-renowned poems and novels, was knighted
in 1820** [2].

Cependant, dans les dictionnaires bibliographiques et les publica-

---

[1] En allemand, il suffit de la moindre idée d'énumération pour faire prédominer
l'idée pure et simple des choses associées ou mises en contraste, et par suite, pour
autoriser la suppression de l'article.
On pourra donc traduire sans article. Ni le danger, ni la mort ne m'effraient,
Weder (die) Gefahr noch (der) Tod erschreckt mich.
Mais on devra traduire avec l'article, parce qu'il n'y a pas accumulation d'idées.
Je ne crains pas la mort. **Ich fürchte den Tod nicht, Ich fürchte mich nicht
vor den Tod.** Le danger ne m'effraie pas. — **Die Gefahr erschreckt mich nicht.**

[2] Si le sens permet de sous-entendre un, une, c'est l'article indéfini qu'il faut rétablir en anglais Ex Voiture, célèbre homme de lettres français. **Voiture, a celebrated French wit** (MAUNDER's Dictionary). La reine en fut offensée aussi bien comme
femme que comme souveraine **The queen felt offended, both as a female, and
as a sovereign** (Daily Telegraph).

tions officielles, cette règle reste le plus souvent inobservée par souci de la brièveté.

Cette abréviation se transforme en règle de rigueur, lorsqu'il s'agit d'un titre complexe précédé d'un nom propre et ne pouvant appartenir qu'à un seul individu à la fois.

Victoria, queen of England. Thomas Howard, duke of Norfolk. Charles Necker, professor of civil law at Geneva (MAUNDER'S).

L'appellation tout entière ne forme dans ce cas qu'une seule désignation.

Il en serait de même de tout titre complexe mis en apposition ou en attribution, tel que : **Secretary of State for the Home Department; Lord High Admiral of the Fleet; Chancellor of the Exchequer; Speaker of the House of Commons; Commander in Chief**, etc. [1].

Par contre, le rétablissement de l'article est de rigueur devant les surnoms et devant les adjectifs ordinaux mis en apposition. Ex. : **William the Conqueror; Charles the first; Chapter the Second; Richard the Lion-hearted; Louis the Great.**

Mais si le surnom est formé par un *substantif composé* ou un *mot étranger*, il devient un second nom propre et n'a plus d'article.

Ex. : **William Rufus or the Red**, Guillaume le Roux; **John Lackland**, Jean sans-Terre; **Robert Short-Shank**, Robert Courte-jambe.

-----

§ IV. Entre-échange de l'article et des adjectifs possessifs.

I. RÉTABLISSEMENT EN ANGLAIS DES ADJECTIFS POSSESSIFS REMPLACÉS PAR L'ARTICLE DANS LES AUTRES LANGUES.

Dans toutes les langues, il existe une tendance plus ou moins marquée à remplacer les adjectifs possessifs par l'article, lorsqu'il s'agit de choses particulièrement familières.

---

[1]. La suppression de tout article défini ou indéfini est de rigueur si la préposition déterminative of est remplacée par la préposition simplement attributive to. Ex. : **Voiture became master of the ceremonies to Gaston, duke of Orleans.** (MAUNDER'S *Bibliographical Dictionary*). Il en est de même toutes les fois que le sens n'admet que difficilement, soit le sous-entendu *le, la, les*, soit celui de *un, une*. Ex. : Il officia pendant quelque temps comme pasteur. **He officiated for some time as pastor.**

Quand on dit en français : « Ouvrez les yeux et fermez la bouche »,
le sens véritable est « ouvrez vos yeux et fermez votre bouche »; mais
ce sens est si évident qu'on trouve inutile de l'exprimer formellement.
La désignation démonstrative atténuée, qu'exprime l'article, est donc
jugée suffisante dans la circonstance, et cela avec d'autant plus de
raison que les adjectifs possessifs ne sont eux-mêmes autre chose que
d'anciens démonstratifs spécialisés[1].

Cet usage existait dans le grec ancien où il s'étendait même jusqu'aux relations de parenté.

Ex. : **Ton thôraka enedu,** il revêtit sa cuirasse (XÉNOPHON).
Philei tous goneas, aimez vos parents.

On trouve de nombreux exemples de cet emploi de l'article dans la
BIBLE anglaise et dans SHAKESPEARE; mais dans l'usage moderne, on
peut poser en principe que les adjectifs possessifs doivent s'employer
en anglais à la place de l'article des autres langues, toutes les fois que
le sens le permet, *pourvu toutefois que l'idée de possession ne soit pas
exprimée par ailleurs.*

Ex. : **Open your mouth and shut your eyes.** Ouvrez la bouche
et fermez les yeux. **He has cut his finger.** Il s'est coupé le doigt.
A cannon-ball carried off his right arm. Un boulet de canon lui
enleva le bras droit. **He knocked his head against a post.** Il se cogna
la tête contre un poteau. **He blew his brains out.** Il se fit sauter la
cervelle.

II. EMPLOI DE L'ARTICLE DÉFINI OU INDÉFINI, EN REMPLACEMENT D'UN ADJECTIF POSSESSIF, RENDU INUTILE PAR LES CIRCONSTANCES DE LA PHRASE

Les adjectifs possessifs cessent logiquement d'être employés en
anglais, *lorsque l'idée de possession est exprimée par ailleurs.* C'est ce
qui arrive dans les cas suivants :

1° — Avec **to have** ou la préposition **with,** indiquant le simple état
des choses. Dans ce cas on se sert de l'article indéfini **a, an,** pour
désigner un objet unique, et on laisse indéterminés les substantifs
pluriels ou collectifs.

Ex. : **This child has a big head, a long nose, small hands and**

---

1. Les français méridionaux donnent à cet usage une extension toute particulière:
« J'ai oublié le passe » (mon passe-partout) « J'ai perdu les gants » (mes gants).— On
entend même dire à Bordeaux « J'ai tombé le parapluie, » au lieu de « J'ai laissé
tomber mon parapluie »

feet, blue eyes and fair hair. Cet enfant a la tête grosse, le nez long, les mains et les pieds petits, les yeux bleus et les cheveux blonds.

She entered the room with a convulsed face, wild-staring eyes and dishevelled hair. Elle entra dans la chambre, la figure bouleversée, les yeux égarés, les cheveux en désordre.

He came out of the fray with a smashed hat, a swollen face, a sore head, bruised arms and legs and clothes in tatters. Il sortit de la bagarre, le chapeau défoncé, la figure enflée, la tête meurtrie, les bras et les jambes contusionnés et les vêtements en lambeaux.

2° Avec un verbe *passif* ou un verbe exprimant une idée de *passivité*, cette idée étant suffisante pour établir le rapport de possession.

Ex. : He was wounded in the leg, struck on the head, shot through the heart. Il fut blessé à la jambe, frappé à la tête; il eut le cœur traversé d'une balle.

I received a blow in the chest. Je reçus un coup à la poitrine. I felt a hard thump in the back. Je ressentis un choc violent dans le dos¹.

3° Avec un verbe actif ayant *un complément direct auquel se rapporte l'idée de possession.*

Ex. : I took him by the hand. Je le pris par la main.

He hit me in the face. Il me frappa à la figure.

I wounded him in the arm. Je le blessai au bras¹.

III. Reprise de l'adjectif possessif avec le verbe to have et la préposition with, ayant un sens renforcé.

Si le verbe to have signifie *se faire, se voir,* l'adjectif possessif redevient logiquement nécessaire en anglais. Ex. : I have had my hair cut. Je me suis fait couper les cheveux. He had his leg cut off. On lui coupa la jambe. He had his right arm carried off by a cannon-ball. Il eut le bras droit emporté par un boulet de canon.

Il en est de même si la préposition with sert à marquer non pas

---

1. La langue populaire, qui aime à généraliser les formes du langage, observe rarement cette règle dans les deux cas ci-dessus. Elle y emploie le plus souvent l'adjectif possessif au lieu de l'article, sans se préoccuper de savoir si cette expression de l'idée de possession est nécessaire ou non. Ex He was wounded in his leg; I felt a thump in my back; I took him by his hand.

simplement l'état des choses, mais toute une attitude, toute une situation particulière Ex. : Il entra dans la chambre, le chapeau sur la tête, le cigare aux lèvres et les mains dans les poches. **He came into the room with his hat on his head, a cigar in his mouth and his hands in his pockets.**

A plus forte raison l'adjectif possessif serait-il indispensable, si le mot **with** n'était pas employé dans cette circonstance.

Ex : Il se précipita, le pistolet au poing. **He rushed forward, a pistol in his hand.** Il apparut la tête nue, le visage en feu, les yeux hors de leurs orbites. **He appeared, his head bare, his face flushed and his eyes starting out of their sockets.**

------

§ V. Suppression de l'article dans les appellations honorifiques en anglais.

L'article se supprime en anglais, comme manifestement inutile à l'expression de la pensée, après les expressions : **Mr., Mrs., Messrs., Miss, Mylord, Mylady.**

Ex. : **Mr. Secretary,** Monsieur le Secrétaire; **Mr. Chairman,** Monsieur le Président; **Mr. Speaker,** Monsieur le Président de la Chambre des Communes; **Mylord Duke,** Monsieur le Duc ou Monseigneur.

Dans les adresses, au contraire, c'est l'article qui remplace les mots *monsieur, madame,* etc.

Ex. : **To the Secretary of...; to the President of...; to the Manager of...** — M. le Secrétaire de...; M. le Président de...; M. le Directeur de...[1].

On redouble même l'article en anglais, s'il se trouve plusieurs titres honorifiques en succession.

To the Right Reverend the Bishop of.. ; — To the most Honourable the Marquis of...; — To the Right Honourable the Earl of... — To the Right Honourable the Viscount N. — To the Right Honourable the Secretary of State for India.

------

[1]. L'usage allemand tient le milieu entre l'usage français et l'usage anglais dans cette question d'appellations honorifiques. Dans les adresses et au vocatif on supprime l'article

Ex. **Herrn Professor Schmidt, Leipzig. — Guten Tag, Herr Professor.**

§ VI. Adjectifs pris substantivement.

L'article est nécessaire dans toutes les langues pour transformer un adjectif ou un participe en substantif. Il est le signe naturel et logique de la « substantification », c'est-à-dire de l'existence idéalement conférée à une simple notion abstraite : the **sublime, the beautiful, the ridiculous, the abstract, the infinite.**

Ex. : **This borders on the ridiculous. Political questions must not be considered in the abstract.**

En parlant des personnes, l'adjectif ne s'emploie substantivement qu'au *pluriel*, mais sans en prendre *le signe*, et seulement, pour marquer toute une classe ou une catégorie d'êtres ou d'objets considérés dans leur ensemble collectif et universel : **The good,** les gens de bien ; **the wicked,** les méchants ; **the blind,** les aveugles ; **the lame,** les boiteux ; **the quick and the dead,** les vivants et les morts ; **the injured, the wounded,** les blessés ; **the dying and the dead,** les mourants et les morts[1].

Il y a *sept noms de nationalités* qui rentrent dans cette règle. Ce sont d'abord ceux des *cinq peuples* qui se rencontrent dans les *îles Britanniques :* **the English, the Scotch, the Welsh, the Cornish, the Irish ;** puis les *deux peuples* avec lesquels les Anglais se trouvaient autrefois le plus fréquemment en rapport : **the French and the Dutch**[2].

Parmi les autres noms de nationalités, il y en a qui ne sont que *substantifs,* comme **the Danes, the Swedes, the Poles, the Spaniards, the Turks, the Jews, the Flemings, the Laplanders,** et tous les mots en **lander.**

Tous ces noms forment leurs adjectifs en : **ish : the Danish government ; the Turkish army ; the Spanish fleet ; Flemish goods ; an outlandish appearance.**

---

[1]. Par exception on trouve au singulier : **the deceased, the insured, the undersigned.** — En parlant des funérailles de M. Gladstone, les journaux disaient **the illustrious dead.**

[2]. Il en résulte que ces *sept adjectifs de nationalité* sont les seuls qui prennent les mots **man** et **men,** pour désigner les individus particuliers ou la simple *généralité* des habitants d'un pays ; mais il faut y ajouter le composé **Chinaman,** employé familièrement au lieu de **Chinese.**

Il est, d'ailleurs, à remarquer que l'emploi de l'article avec un nom au pluriel, ou un adjectif de nationalité, met en cause l'idée d'*ensemble* et de *solidarité nationale :* **The French,** c'est la nation considérée au point de vue international ; **frenchmen,** ce ne sont que les Français considérés dans leur généralité.

Les autres substantifs, la plupart en *an*, *ian* ou *on*, sont à la fois *substantifs et adjectifs*, comme en français et dans toutes les langues néo-latines :

Ex. : His father was a German.   His grandfather and grandmother were Germans.   The Germans are now foremost with respect to military power.   The German army is said to be formidable.

En allemand, au contraire, et vraisemblablement dans toutes les langues néo-germaniques, il y a une forme spéciale pour le substantif et une autre pour l'adjectif, qui est régulièrement marquée par le suffixe **isch**.

---

§ VII. Des faux articles en anglais.

Le même démonstratif originel qui a donné par atténuation l'article **the**, avait produit deux autres mots également atténués en **the**.

L'un servait de *relatif* en anglo-saxon. Il a été remplacé dans l'anglais moderne, d'un côté, par le *démonstratif* proprement dit **that**, et, de l'autre, par les *interrogatifs* **who**, **which** et **what**[1].

L'autre **the** est resté dans les locutions suivantes où il est généralement confondu avec l'article.

The more, the merrier, plus on est de fous, plus on rit ; mot à mot : *par cela* qu'on est plus nombreux, *par cela* on est plus joyeux. He was the happier ou so much the happier for this piece of good luck, as he did not expect it. Il fut *d'autant par cela* plus heureux de cette bonne aubaine, qu'il ne s'y attendait pas.

Ce **the** est un ancien cas instrumental, équivalant aux ablatifs latins eo, quo, dans cette phrase : eo modestior quo doctior.

---

1. Des transformations semblables ont eu lieu en allemand, où un *démonstratif* primitif a donné naissance, d'un côté, à l'*article* **der**, **die**, **das**, de l'autre, au *démonstratif* et au *relatif* de même forme, ce dernier pouvant être remplacé par l'*interrogatif* **welcher-e-es**, dérivé de **wer**.

Quant aux langues néo-latines, elles n'ont qu'un seul relatif qui est resté en même temps interrogatif

Il paraît d'ailleurs qu'à l'origine les *interrogatifs* eux-mêmes étaient des *démonstratifs*, tous ces *interrogatifs*, aussi bien germaniques que latins, pouvant être ramenés aux racines sanscrites ki et kvi, à laquelle les linguistes attribuent un sens primitivement *démonstratif* Or, c'est à cette racine ki, kvi, que se rattachent manifestement le latin quis et qui (pour kvis, kvi) ; l'allemand wer pour kwer et hwer ; l'anglais who pour kwo, et hwo, et, enfin, le français qui, l'italien chi, retournes à la prononciation sanscrite ki.

Mais il y a peu de gens, en Angleterre, en dehors des lettrés, qui se doutent de la vraie signification de ce faux article. On l'interprète ordinairement comme un article véritable, sans que la phrase en souffre au point de vue du sens.

En effet, *article* ou *complément instrumental*, c'est toujours au même *démonstratif atténué* que l'on a affaire pour *montrer,* comme par un geste de la main, d'un côté, la cause, de l'autre, l'effet : « *par cela* que l'on est plus nombreux, *par cela* même on est plus joyeux. »

Pourtant, faute peut-être de se rendre suffisamment compte de la force à la fois *démonstrative* et *relative* de ce the, il arrive souvent qu'on le double de la locution for it, qui a le même sens.

Ex. : You are none the wiser, ou you are none the wiser for it, vous n'en savez pas davantage, vous n'en êtes pas plus avancé[1].

---

[1]. On sait qu'il existe également en anglais un faux article indéfini *a* pour *an, on, in,* signifiant *en* ou *d*.

Ex. : To go, to be, a fishing, a hunting, aller ou être à la pêche, à la chasse.

C'est cette même préposition atténuée qui est devenue un préfixe dans les adjectifs ou adverbes : alive, en vie ; abroad, à l'étranger ; athwart, au travers de ; awry, de travers ; akimbo, en arc-boutant (sur la hanche).

Prenant cette préposition pour l'article indéfini, les pédagogues anglais en ont proscrit l'usage comme une erreur grossière. Son emploi est donc aujourd'hui confiné au langage populaire et remplacé dans la langue dite élégante par des expressions boiteuses et illogiques, telles que to go hunting, to go fishing.

Que d'exemples, dans l'histoire des langues, de locutions vicieuses substituées à des constructions saines et vraiment idiomatiques, par un enseignement à la fois ignorant et prétentieux !

APPENDICE III

The blood is the life.

(*Deutéronome*, XII, 23.)

Ce passage de la *Bible anglaise,* aujourd'hui devenu proverbial[1], est un exemple de l'emploi exceptionnel, mais intentionnel et justifiable, de l'article.

Si les auteurs de la *Bible anglaise* avaient eu à traduire isolément la phrase française : « *Le sang, c'est la vie,* » ils auraient sans doute dit : The blood is life itself, ou the blood is the principle of life. Mais ils n'avaient pas à traduire cette phrase isolément. Ils venaient de parler des parties de l'animal qu'il est permis aux Hébreux de manger. *Moïse* (ou ceux qui recueillirent plus tard ses prescriptions) ajoute qu'il faut en excepter « le sang », « car le sang », dit la Bible, « c'est la vie », *et tu ne mangeras pas la vie avec la chair;* for the blood is the life, and thou mayest not eat the life with the flesh.

Il n'est donc pas question ici de « la vie » en elle-même, c'est-à-dire de l'idée proprement dite, générale et universelle, de « la vie ».

Grâce à l'article, l'idée de « la vie » se restreint, se précise, se localise, devient une *partie constitutive de l'être animé,* au même titre que « *son sang* », avec lequel elle est confondue, et que « *sa chair* » à laquelle elle est opposée ; c'est-à-dire qu'elle est virtuellement assimilée aux *diverses parties intégrantes de l'être animé.*

Evidemment, c'est un point de vue exceptionnel ; mais c'est celui du législateur des Hébreux, puisqu'il dit en propres termes, qu'il ne

---

1. Il n'y a pas un inventeur de pilules ou d'onguent breveté, en Angleterre, qui n'emploie cette citation Biblique pour attirer l'attention sur sa marchandise. Même en France, à Bordeaux, on la voit gravée sur les vitres des tramways, servant de réclame à un produit pharmaceutique du cru.

faut pas manger *la vie* avec *la chair :* thou mayest not eat the life with the flesh.

Ce qui prouve corroborativement cette assimilation du mot life aux mots désignant les parties constituantes de l'être animé, c'est que le mot hannefesch, que les auteurs de la *Bible anglaise* ont traduit par the life, signifie également en hébreu the soul, l'âme[1].

Ce mot se trouve répété cinq fois dans le chapitre XII du *Deutéronome*, et huit fois dans le chapitre XVII du *Lévitique*, où la même prescription de s'abstenir du sang avait déjà été formulée.

Sur ces treize fois, le mot hannefesch a été traduit, dans la *Bible anglaise*, sept fois par the soul, et six fois par the life, sans autre motif que la nécessité de mettre la traduction en harmonie avec l'orthodoxie théologique de l'époque.

Mais ni les *Septante*, ni la *Vulgate* n'avaient eu ce scrupule. Le mot nefesch y est invariablement traduit par psukhê[2] et anima, non par bios et vita.

En substituant le mot life au mot soul, les traducteurs anglais ont été naturellement conduits à assigner au premier le rôle du second dans toute son intégralité, c'est-à-dire avec l'idée de détermination qui s'y attachait. C'est donc en dernière analyse, à l'influence du texte hébraïque qu'il faut ramener ici la cause initiale de l'emploi exceptionnel de l'article.

Cet emploi est d'un caractère si évidemment exceptionnel que les commentateurs anglais n'ont pu le justifier qu'en l'attribuant à

---

1. Hannefesch est un mot double contenant l'article : la phrase hébraïque est celle-ci : Hadam hannefesch, le sang (c'est) la vie, ou, plus littéralement, « le sang, c'est l'âme. »

L'article, en hébreu, est ha, avec une aspiration affaiblie qui a disparu dans l'arabe, al, mais après une phase intermédiaire où le démonstratif primitif ha avait dû s'allonger en hal. — L'exclamation ha n'est-elle pas, en effet, le son le plus naturel qui s'échappe de la bouche d'un homme qui voit tout à coup quelque chose d'inattendu lui apparaître quelque part?

Le mot français là ne serait-il pas un écho lointain de cette première exclamation?

Une chose est certaine, c'est que, dans toutes les langues, le sens premier du démonstratif qui a donné l'article était : « là, *dans cet endroit* », ou «çà, là »

2. Il est vrai qu'en grec le mot psukhê se confond aussi parfois avec l'idée de la vie ton de elipe psukhê, la vie l'abandonna. En effet, psukhê comme spiritus et anima, n'est en principe que le souffle vital, devenu par extension le principe de la vie et, finalement, l'être intellectuel qui se manifeste en nous avec les phénomènes de la vie.

De même l'idée d'«être» et d'«exister» a pour point de départ celle de la *respiration matérielle*, puisque la racine du verbe «être» est le sanscrit as, d'où asmi, je suis, mot à mot, «je souffle», «je respire». (On sait que, de asmi sont venus le grec eimi pour esmi, le latin esse, sum pour esum, l'allemand sein pour esein, l'anglais I am pour I esam, et le français je suis, etc.) Ainsi nos premiers ancêtres de la race indo-européenne semblent avoir raisonné comme DESCARTES : «Je souffle, donc je suis. »

l'ellipse du mot thereof. La phrase the blood is the life, disent-ils, signifie : the blood thereof is the life thereof.

Déjà les *Septante* avaient introduit dans leur traduction l'équivalent de ce mot thereof hoti aima « autoû » psuchê; car « son sang, c'est son âme »[1]. L'introduction du mot autoû enlevait à cette phrase sa portée générale et son caractère d'axiome, sans présenter le moindre inconvénient pour le sens d'ensemble, puisque, si le « sang » est la « vie » pour tous les êtres animés, en général, il l'est également, en particulier, pour les animaux dont il vient d'être question.

Mais les traducteurs anglais n'ont pas introduit ce thereof (autoû) dans leur traduction, parce qu'il n'existait pas dans le texte hébraïque. C'est évidemment à dessein qu'ils l'ont supprimé, puisque l'objet de leur traduction était de « corriger » à la fois les *Septante* et la *Vulgate* et de se rapprocher plus exactement du texte hébraïque.

Moïse, d'ailleurs, semble s'être inscrit à l'avance contre la portée restreinte que les commentateurs ont voulu donner à ce passage, car il avait dit déjà, au chapitre XVII du *Lévitique* (v. 14) : hê gar psukhê pasês sarcos haima autoû esti *(Septante)*, littéralement : for the soul of all flesh is the blood thereof, ou, d'après la *Bible anglaise* officielle : for the life of all flesh is the blood thereof[2].

Ainsi, quand les traducteurs anglais trouvent en hébreu l'équivalent du mot thereof, ils n'hésitent pas à l'introduire dans leur traduction. C'est donc à dessein qu'ils s'en abstiennent, et, par suite, leurs commentateurs vont manifestement contre leurs intentions, en le sous-entendant là où ces traducteurs ne l'ont pas inséré.

Admettons cependant, par hypothèse, le bien-fondé de cette ellipse. Elle prouve, à tout le moins, que le mot thereof n'était pas nécessaire dans la pensée des traducteurs anglais, et, par suite, que l'article suffisait, à leurs yeux, pour marquer qu'il s'agissait de la « vie » de certains animaux, comme il s'agissait de leur « sang » et de leur « chair ». C'est donc toujours à une sorte d'assimilation de la « vie » au « sang » et à la « chair », c'est-à-dire aux diverses parties du corps, qu'il faut en revenir.

C'est par une explication analogue qu'on peut justifier l'emploi exceptionnel de l'article devant les mots life et death, lorsque « la vie »

---

1. De même la *Vulgate*: sanguis enim ejus pro animâ est. L'auteur de la *Vulgate* ajoute pro au texte pour le rendre plus orthodoxe.

2 La *Vulgate* n'hésite pas ici à conserver au mot nefesh son sens réel, *Ame*: Anima enim omnis carnis in sanguine est : unde dixi filiis Israel: sanguinem universæ carnis non comedetis, quia anima carnis in sanguine est (*Leviticus*, cap. XVII, v. 14)

et « la mort » sont envisagées, non en elles-mêmes, mais par rapport à nous, c'est-à-dire par rapport à la destinée humaine, que ces deux idées résument tout entière. Il est donc naturel que ces deux mots life et death soient assimilés, dans certaines circonstances[1], aux noms des parties du corps et à ceux des principales maladies, c'est-à-dire à tous ceux qui désignent ce qui constitue essentiellement l'être animé, souffrant et mortel, que nous sommes par excellence[2].

[1]. Voir chap. II, § IV, 4. Consulter également les exemples du *New English Dictionary* d'Oxford, aux mots **life** et **death**.

[2]. La substance de cette argumentation sur le passage « **the blood is the life** », se trouve dans un article que je fis paraître en 1889 dans la *Revue des langues vivantes*. Plus tard, en 1894, M. BARBEAU, dans sa thèse latine sur l'emploi biblique de l'article me fit l'honneur de se rallier à mes conclusions.　　　　　　　　　A. B.

TABLE DES MATIÈRES

BORDEAUX.   IMPR. G. GOUNOUILHOU, RUE GUIRAUDE, 9-11.